CED

D0595715

RIEN DE GRAVE

JUSTINE LÉVY

Rien de grave

ROMAN

STOCK

Je suis venue en jean à l'enterrement de ma grand-mère. Je ne pensais pas que ça les choquerait à ce point, je pensais qu'on n'y ferait pas attention, elle n'y aurait pas fait attention. Je pensais à autre chose en m'habillant, je ne sais plus à quoi, ma grand-mère n'est pas morte, on ne va pas enterrer ma grand-mère, il faut que je téléphone à ma grand-mère, voilà.

Quelqu'un avait organisé une sorte de fête, après l'enterrement, c'est pas fête le terme exact, je ne sais pas quel est le terme exact, j'ai pris un taxi, je lui ai dit allez, allez, mais où ? je ne sais pas, rue du Four par exemple, à mon bureau, et je me suis sauvée, je ne voulais pas aller à cette fête, je n'ai jamais aimé les fêtes, quand j'étais plus petite, treize, quatorze ans, à l'époque je n'étais ni avec papa ni avec maman, je vivais avec elle, ma grand-mère, elle m'obligeait à sortir, à aller en boum, en soirée, elle me prêtait des robes. Il y a des grand-mères qui obligent leur petite-fille à aller en classe ou à terminer leur assiette, moi ma grand-mère m'obligeait à aller en boum.

J'ai un bouton d'acné, je pleurnichais. C'était la fin du monde pour moi ce bouton d'acné. J'avais l'impression de n'être qu'un bouton, un énorme bouton, quel bouton, disait ma grand-mère sans me regarder, où ça ? Mais là, sur le nez, un deuxième nez sur le nez ! Mais non, c'est rien, c'est rien du tout, c'est même très mignon, on va en faire une mouche. Je refusais pour la mouche (une mouche sur le nez, quelle idée), elle gagnait pour la fête, elle me maquillait, me déguisait en elle, ou peut-être en maman, je ne sais pas, les yeux au charbon, la bouche en cerise, des paillettes sur les cils, c'est vrai qu'on ne voyait plus le bouton. J'étais contente d'être quelqu'un d'autre. Je n'étais pas elle, pas tout à fait, mais j'étais quelqu'un d'autre et je me plaisais presque et pourtant je pleurais dans la voiture tellement j'avais peur, et honte, le maquillage n'allait pas tenir, je n'allais pas faire illusion longtemps, Cendrillon avant minuit, je serais nulle et bête et vilaine et cette fois tout le monde s'en rendrait compte. Ce jour-là, dans le taxi, je n'ai pas pleuré. Je ne vais pas à la fête, je me disais. Ma grand-mère est morte, j'avais la plus jolie des grand-mères mais elle est morte et je ne pleure pas.

Mon téléphone a sonné, je me souviens. Numéro masqué, sûrement Adrien, ou peut-être maman, maman toujours un peu à contretemps, toujours des urgences bizarres, elle est encore plus à l'ouest que moi. Peut-être qu'elle pleure, elle, je me suis dit. Elle l'adorait, c'était son dernier lien avec papa, et peut-être qu'elle m'appelait pour qu'on essaie de pleurer ensemble. Mais j'avais pas envie de ça, j'avais envie de rien, vraiment rien, juste une cigarette, ah, mais j'étais déjà en train de fumer une cigarette, elle allait laisser un message de toute façon : Minou Minou tu es là ? Avant, avec Adrien, on parlait souvent à deux voix sur le répondeur, chacun un mot, ou chacun une phrase, ou bien la même phrase en même temps tellement on était contents d'être ensemble, contents et fiers, deux imbéciles contents et fiers de leur bel amour, ah on va leur montrer, ah ils vont voir, ah on va leur balancer notre grand amour à la gueule, notre amour insolent et solaire, ce corps à deux têtes, cette âme à deux corps, ou bien il me chatouillait il me faisait rire, ou bien on disait des bêtises et nos pères nous grondaient, qu'est-ce que c'est que ce message, vous n'êtes plus des enfants tout de même, c'est pas sérieux ! Si, c'est sérieux, on s'aime sérieusement, ça fait longtemps qu'on n'est plus des enfants et on s'aime ultrasérieusement.

123, je consulte quand même ma messagerie. Maman en effet, papa, Gabriel et puis, dans les messages archivés, un message d'elle, ma grand-mère, sa voix qui vient de si loin et que je reconnais à peine, allô ma bébé Lou, pour elle j'étais toujours son bébé Lou, c'est sa voix, là, dans mon oreille, elle est morte, mais c'est sa voix, rassurante, enveloppante, allô, allô, elle m'a appelée de son petit téléphone rouge, elle aimait tant le rouge, sa voiture rouge décapotable, la moquette rouge de sa salle de bains, sa combinaison de ski rouge qu'elle me prêtait quand je voulais frimer, c'est sa voix à mon oreille, tout est pareil, le léger temps d'arrêt après Allô, le souffle d'ironie sur Ma bébé Lou alors qu'elle était si faible, déjà en train de mourir, et pourtant je ne pleure pas. Je ne pleure pas mais quelque chose en moi a bougé, un pincement du côté du cœur, un battement comme quand on a couru trop vite, j'aurais pas dû écouter ma messagerie je me dis, mais je ne pleure toujours pas.

Elle m'a dit bon débarras quand Adrien m'a quittée. J'étais cassée en mille morceaux, sonnée, et elle, elle me disait bon débarras c'était pas un garçon pour toi, c'était un bimbo, un faiseur. Un faiseur ? un faiseur de quoi ? Un faiseur de vide, qui agite les bras, qui brasse du vent, comme ça, tu vois, c'est ce que m'a dit ma grand-mère quand le faiseur m'a quittée. Dans le cimetière aussi je suis sonnée, trop brisée pour pleurer, sans réaction, sans âme, et en jean, ma grand-mère adorait les jeans, elle trouvait que ça faisait de jolies fesses, elle en portait tout le temps, elle pensait qu'avec des chaussures fines ça pouvait même être assez chic. Je porte d'assez vilaines chaussures et donc je ne suis pas très chic, mais quelle importance puisqu'elle n'est plus là pour me dire, avec son ton rieur, si lumineux : Louise, comme tu es chic !

C'est pas comme Adrien qui se rue, lui, sur moi, bondissant comme un pois sauteur hors de la foule compacte et reniflante, alors qu'on ne s'est pas revus depuis quoi, six mois, choisir ce moment-là, cet endroit-là, il aurait pu me prévenir, il aurait pu ne pas venir, il sait bien, lui, que je déteste les surprises. De toute façon je suis bien trop anesthésiée pour être surprise, il se rue sur moi, les yeux rouges et la figure à l'envers, contractée, terreuse, avec un drôle de mouvement du menton, comme un tic, ou un hoquet, il dit mon bébé mon amour mon petit ours en me pleurant dessus, en se tordant les mains, ses mains un peu courtes, tiens, violacées aux jointures, les mains de quelqu'un d'autre. Il porte une grosse montre, clinquante, comme en portent les Importants et les gens dont on se moquait, avant, ensemble, quand on s'aimait et qu'on était comme deux siamois qui n'ont même pas besoin de s'expliquer pourquoi ils se moquent tellement des autres, il porte une montre chère qui veut dire j'ai beaucoup d'argent et pas beaucoup de temps et pourtant, tu vois, je suis venu à l'enterrement de ta grand-mère.

Il a l'air content de sa montre, content d'être là et surtout content de pleurer, content de montrer à tout le monde qu'il est là et qu'il pleure. Peut-être qu'il a étudié son nouveau mouvement du menton, le matin, devant sa glace. Peut-être qu'il l'a testé sur Paula, la nouvelle femme de sa vie. Une tristesse de faiseur, je me dis comme aurait dit ma grand-mère, en le laissant me serrer contre lui. Et puis quand il se décolle (je n'ai pas répondu à son étreinte, j'ai laissé mes bras ballants de chaque côté de sa veste, ça va, la veste ? il a dû demander à Paula avant de sortir), je sens mon cou tout mouillé de ses larmes, beurk. Il me dévisage, regard ascendant-descendant, mélange d'incrédulité et de réprobation : mon jean, bien sûr.

Je ne suis pas triste ce jour-là. Ma grand-mère est morte, mais je suis si tuméfiée à l'intérieur, désespérée, détruite, que je ne suis pas triste, et je ne pleure pas. Autour de moi, des tas de gens que je ne connais pas, des gens entassés et éplorés, des gens qui ont l'air de savoir pourquoi ils sont là et pourquoi ils ont du chagrin, des gens qui doivent venir de loin, de Marseille, de Madrid, de Tel-Aviv, de New York, ils sont sa famille, ma famille, ils l'aimaient, moi aussi ils ont l'air de m'aimer, mes condoléances, mes regrets, si je peux faire quelque chose, elle était si exceptionnelle, n'hésitez pas. Et mon père, la tristesse de mon père, je n'avais jamais vu mon père triste comme ça, je n'avais jamais compris que mon père était aussi un fils, mais comment fait-il, lui, pour pleurer ? est-ce qu'il s'aperçoit que sa fille, à côté de lui, ne pleure pas ? ou est-ce qu'il pleure trop pour s'apercevoir que moi, j'arrive pas à pleurer ? Ils pleurent tous. Et ils viennent tous sur moi. Et ils me disent des choses gentilles ou maladroites ou tendres. Et moi je pense taisez-vous, taisez-vous donc, je pleure pas pourquoi vous pleurez, et je garde la tête baissée, je fais des dessins dans le sable avec la pointe de ma basket, des ronds, des cœurs, des carrés, je me sens juste coupable d'être là et de ne pas pleurer, coupable d'être en jean, coupable d'avoir été larguée par un bimbo et d'être vivante et d'être en jean et de ne pas pleurer. Je pense morte morte morte, elle est morte trépassée décédée clamsée morte morte morte, et ça ne me fait rien. Saloperie de vie. Un sale chagrin d'amour et hop ! on devient une petite garce au cœur sec qui regarde méchamment les gens gentils et qui n'est même pas foutue de pleurer à l'enterrement de sa grand-mère.

Je pleure facilement, d'habitude. Je pleure pour n'importe quoi. Quand je tombe quand j'ai mal aux dents quand on me bouscule, quand j'ai peur, quand je suis fatiguée, quand je veux qu'on me laisse tranquille, d'ailleurs je voudrais bien, là, qu'on me laisse tranquille et que mon portable arrête de sonner. Ils doivent se demander ce que je fais. Personne l'a vue après le cimetière ? Elle était si triste, la pauvre petite Louise. Elle a dû courir se cacher pour pleurer en paix.

C'est quand, la dernière fois que j'ai pleuré ? Quand j'ai commandé un steak tartare, au café près de chez moi, et que je me suis rendu compte que j'avais pas pris d'argent et que j'ai rien osé dire et que je me suis sauvée en courant et que depuis je suis obligée de faire des détours insensés pour rentrer à la maison ? Quand j'ai dessiné une moustache sur une Paula de deux mètres de haut derrière un Abribus et qu'une mémé m'a traitée de graine de délinquante ? Quand j'ai voulu retirer mon alliance et que mon doigt s'est mis à enfler et que j'ai été obligée de la faire scier ? Non. Là non plus j'ai pas pleuré. Larguée, quittée, jetée, le choc m'a tchernobylisée. C'est même sans doute pour ça que j'ai quitté le bistrot en douce et que je me suis boudiné le doigt exprès : pour pleurer, pour sentir l'envie de pleurer, de bonnes larmes tièdes, rassurantes, la bonne consolation des larmes qui coulent.

Ma grand-mère est morte. Je voudrais bien, ce jour-là, avoir un tout petit peu envie de pleurer, un tout petit peu envie d'y croire, mais non, j'ai perdu les larmes comme d'autres la vue ou la parole.

La petite tête chauve de maman, dans l'entrebâillement de la porte de ma chambre, ce matin, rue Bonaparte. Le prurit qui galope sur son bras. Son autre bras qui a doublé de volume et qu'elle masse avec des gestes précis, consciencieux, en nous regardant nous réveiller, toute contente, Pablo et moi. Je veux des crèmes La Prairie, elle m'a dit l'autre jour, c'est les meilleures du monde. Alors je lui ai commandé des crèmes La Prairie, sur Internet, avec la carte bleue de son ex. Crème aux extraits de caviar, crème au complexe exclusif énergisant, crème à la vitamine C aux cellules fraîches de placenta de mouton aux trois alpha-hydroxyacides. C'est super, mon Minou, c'est super, elle a dit. Mais les jours ont passé, elle ne m'en a plus parlé et un jour où je farfouillais dans sa trousse de toilette pour vérifier si elle s'en était servi ou si elle les avait refilées à une copine, j'ai vu que les tubes étaient intacts. Elle avait juste souligné en rouge des informations sur les prospectus : « Si des irritations apparaissent, consultez votre médecin. » Elle avait écrit des choses dans les marges : « Warning ! Warning, lifting ! » Sur un autre prospectus, qui allait avec un échantillon gratuit, elle avait encadré « une combinaison unique d'extraits végétaux pour équilibrer le teint » et « l'éclat, la fermeté de la peau, une nouvelle jeunesse ». C'est pas avec une crème La Prairie qu'elle se masse, là, c'est sûr, dans l'embrasure de la porte de ma chambre. C'est avec une saloperie de pommade qui sent l'hôpital et qui, même à cette distance, me donne la nausée.

Elle n'a plus qu'un sein, maman, énorme, gonflé, mais elle est toute contente d'être là et de nous réveiller. Sur le côté gauche, à l'endroit où il n'y a plus rien, juste l'énorme cicatrice, elle a rabattu un pan du foulard que je lui ai rapporté de Formentera. Son bonnet en paille violet est trop lâche, il couvre presque les oreilles, mais c'est mon cadeau alors elle le porte tout le temps, dès le matin, comme ce matin. Il tient moins chaud que la perruque, elle dit, et on peut même s'en servir pour s'éponger le front quand on transpire. Tu vois Minou, le cancer c'est une question d'organisation, finalement. D'accord, Maman, d'accord. Mais quand même : comment est-ce qu'on fait, quand on a si mal, pour avoir l'air si content ?

Elle se lève toutes les deux heures, la nuit, pour aller faire pipi. Sa démarche décidée, c'est pas décidée le mot, c'est précipitée, elle essaie de ne pas faire de bruit mais c'est pire, ou alors au contraire elle fait du bruit exprès pour nous prévenir, attention, je suis là, c'est moi, ne soyez pas tout nus indécents c'est moi, Alice. Elle essaie d'aller vite, elle fait de grandes enjambées qui font peur à mes chats, pas le sien qui la suit en miaulant et qui réveille Pablo, qu'est-ce qui se passe qu'est-ce qui se passe, c'est rien, c'est Maman, dors. Elle boit des litres de thé Tuocha, elle dit tuyau de chat, et du jus de citron le matin à jeun, parce que c'est bon pour son foie. Son foie tout cinglé, tout grossi de métastases. J'ai tout le temps envie de lui demander pardon. Mais pardon de quoi ? De ne pas l'aider davantage. De le faire mal, par à-coups, comme pour tout. Un jour très présente, très cadeaux, lèche-vitrine, longues conversations, ça me fait plaisir, elle aussi. Et puis, le lendemain, mon égoïsme reprend le dessus, et ma lâcheté, et le souci que j'ai, depuis qu'Adrien m'a quittée, de fuir le malheur, tous les malheurs, même celui de maman si malade : faut être drôlement heureux pour supporter d'être triste, drôlement heureux ou drôlement courageux, et moi je ne suis pas très courageuse, et je suis très très malheureuse.

Donc, je suis là en pointillé. Je lui envoie des textos. Je l'accompagne, toutes les cinq semaines, aux séances de chimio. Je lui achète des œufs de saumon qu'elle mange à la cuillère et des steaks hachés bio, l'homéopathe a dit 500 grammes de viande rouge par jour, 500 grammes, pour bien faire remonter les plaquettes. Je vais avec elle chez la masseuse qui fait dégonfler son bras. Et je retourne ensuite à mon bureau, et je viens la rechercher à pied, c'est trop près pour un taxi, mais c'est trop loin pour elle, si fatiguée, faut surtout pas qu'elle ait un malaise, alors on clopine, toutes les deux, moi la soutenant, elle boitillant, avec tous les méchants du quartier qui détournent les yeux pour ne pas avoir à nous dire bonjour – moi, sa fille, j'ai peur du spectacle du malheur, alors eux !

Je crois quand même que je fais illusion. Je crois qu'elle croit que je m'occupe bien d'elle. Grosso modo, je m'occupe d'elle comme elle, avant, elle s'occupait de moi, un-week-end-sur-deux-et-la-moitié-des-vacances. Sauf qu'elle a été formidable, elle, quand Adrien est parti. Là tout le temps, à me faire rire, à me faire la cuisine, à me réveiller le matin, elle n'a jamais été autant là, c'était si miraculeux, si neuf, que j'avais l'impression, par moments, de n'avoir presque plus de peine. Moi, c'est pas ça. Même là, je suis beaucoup beaucoup moins bien que maman. Je fais semblant par exemple, le soir, d'avoir beaucoup de travail et elle fait semblant de me croire. En fait, avant de rentrer, je file à la piscine, mon petit bien-être, mes petits muscles, elle doit le sentir, elle me connaît, et puis elle doit flairer le chlore quand je l'embrasse. Et ma trouille de me retrouver en tête à tête avec elle, après les séances de chimio, quand elle délire : elle est fiévreuse, elle pleure, elle rit, elle s'excuse, elle a très froid, très chaud, elle dit n'importe quoi et, même si je sais bien qu'elle n'a jamais été très conventionnelle, même si je fais comme si rien, c'est vrai que ça me terrifie et que je n'ai envie que de me sauver.

Quand je la sens moins déterminée, moins sûre de guérir ou de vouloir guérir ou d'accepter ce traitement qui la démolit, des jours à vomir, à rien pouvoir faire d'autre que vomir, quand elle n'en peut plus, quand je sens que l'envie de cesser de souffrir est plus forte que le désir de vivre, je la branche sur Adrien. Ça l'énerve tout de suite, ça la remonte bien comme il faut, hop elle est partie, ce-salaud-sa-sorcière-ce-couple-pervers-incestueux, ah les vulgaires, ah les affreux, ah elle les déteste, elle prend le relais, le mien et celui de ma grand-mère, elle veut lui écrire, lui casser la gueule, elle a faim tout à coup, une énergie du feu de Dieu, elle va guérir et lui mettre une rouste. Une fois qu'elle est partie dans l'énervement je suis tranquille pour quelques heures, ou quelques jours, je peux la laisser seule, je sais qu'elle va s'agiter, voir des copains, prendre ses médicaments, échafauder des plans de vengeance, pester. Et puis ça s'épuise et il faut trouver autre chose, je ne trouve pas toujours, je suis un peu fatiguée, d'elle, de moi, de sa maladie, des longues soirées où elle parle tout le temps, où elle ne peut pas s'arrêter de parler, des choses intelligentes et drôles, et puis des choses casse-pieds, surtout quand moi j'ai pas envie de parler, ou quand j'ai envie de regarder la télé, elle a toujours un truc à dire au moment où il faudrait se concentrer.

Pablo est là, il est poli, bien élevé, c'est ma mère n'est-ce pas, je crois qu'il la trouve originale, mais elle lui parle tout le temps, à lui aussi elle veut être utile, elle lui découpe des articles de journaux qu'il a déjà lus, elle lui prend un abonnement SOS Plombier qu'il mettra trois mois à résilier, elle entre dans notre chambre, comme ce matin, avec du thé, vite, vite, rabattre la couette, trop tard, elle l'a vu tout nu, elle dit c'est pas grave c'est pas grave, c'est l'heure, c'est du thé au miel, c'est bon pour ce que vous avez, il marmonne merci, elle se prend les pieds dans nos vêtements jetés par terre et le plateau lui tombe des mains et le thé nous ébouillante.

Plus tard, quand je serai bien réveillée, je lui dirai Maman je ne veux pas que tu entres dans ma chambre comme ça le matin, je ne suis pas seule, je n'ai plus quinze ans. Elle réalisera, elle sera humiliée, elle sera mortifiée, elle aura honte, elle voudra rentrer chez elle, elle vomira toute la nuit. Mais moi aussi j'aurai honte, qu'est-ce que ça peut faire, quelle importance qu'elle entre dans ma chambre, elle est malade, elle veut se rattraper de toutes ces années sans thé au miel, d'accord elle viole un peu notre intimité, mais quelle intimité, qu'est-ce que j'en ai à foutre de mon intimité, elle est si, elle est si, quels mots pour dire cette tendresse-là, cet amour-là, j'ai plus les mots qu'il faut, il faudrait des mots qui n'existent pas, parfois je voudrais prendre son cancer, le lui voler, mais est-ce que c'est pour la soulager ou bien par jalousie, pour être cajolée à sa place ? Je me déteste de penser ça. Je déteste le cœur de pierre que je suis devenue.

Je déteste son chat aussi. C'est moi son chat, et c'est lui qui dort avec elle, elle s'occupe si bien de lui, les vétérinaires, les médocs, les câlins, et moi alors, Minou, Minou, c'est comme ça qu'elle m'appelle, elle dit Minou pour m'engueuler, Minou pour m'embrasser, Minou pour tout, c'est une question d'intonation, je suis son chat, son vrai chat, un chat qui ne pleure pas à l'enterrement de sa grand-mère, un chat qui est toujours habillé pareil, un chat qui ne répond pas au téléphone, un chat qui n'aime pas les fêtes, un chat qui dort tout le temps, qui aime bien qu'on le laisse tranquille, c'est moi son chat, alors pourquoi est-ce qu'ils se parlent tellement, avec l'autre, l'autre con de chat, pourquoi est-ce qu'il pisse sur mes affaires et pousse des cris monstrueux, la nuit, des cris presque humains ? Je lui dis Maman, tu pourrais pas laisser un peu ton chat chez toi, ou chez une copine, ça nous ferait des vacances, il m'empêche de dormir, et puis il a des puces, et puis il n'est pas heureux ici, c'est pas chez lui, tu le sais bien qu'un chat s'attache plus à son territoire qu'à son maître, qu'est-ce que t'en as à faire de ce chat, tu crois que tu l'aimes mais c'est pas vrai, il a même pas de nom, il est débile, il est hideux, il est tout le temps dans nos pattes, je le déteste.

Elle répond oui oui Minou. Elle dit qu'elle comprend, qu'elle va s'organiser, qu'elle est mieux chez elle de toute façon. Et elle rentre à Montmartre, avec son chat, et elle boude, et elle ne revient pas. Mais Maman, c'est idiot, j'ai été idiote, je te demande pardon, reviens, reviens avec lui, jalouse d'une bête quand même c'est bête, reviens je mettrai des boules Quies. Mais elle est vexée, elle a son expression butée, elle restera des jours, des semaines, sans revenir rue Bonaparte. Je n'étais pas aussi méchante, avant. C'est ce que dit Pablo : peut-être que toute cette histoire m'a bousillée.

Je néglige trop maman. Je pense à elle tout le temps, je n'ai même pas besoin de penser à elle pour penser à elle, elle est tout le temps avec moi, comme un poids, un remords, une présence douce, un grand désespoir, mais je la néglige.

Même aujourd'hui, alors que je vais mieux, qu'Adrien est loin et c'est bien qu'il soit loin, même aujourd'hui où j'ai tout mon temps, belle journée sèche de printemps, cinéma avec Pablo, insouciance feinte, rires, je me rends compte que je pense à elle, mais pas assez, il faudrait faire plus, beaucoup plus, quoi ? je ne vois pas bien mais je le sais, je suis persuadée qu'elle a besoin de moi pour guérir, et ça me fait mal de ne pas être au rendez-vous.

L'autre jour, on était à la terrasse du Pré aux Clercs, elle grelottait, bouffées de chaleur, perles de sueur qui mouillaient son foulard, je l'avais branchée sur Adrien pour l'énerver un peu, et une fille est passée, sublime, provocante, très beaux seins, énormes, dans un tee-shirt serré, les gens se retournaient, j'ai dit Maman t'as vu les seins ! Elle a souri. Mais, avant le sourire, une ombre est passée et j'ai eu envie de me gifler car elle voulait dire, cette ombre : moi aussi, avant, j'avais de beaux seins, moi aussi, avant, j'étais fière de mes seins, et même qu'on les photographiait, et même qu'on ne voyait qu'eux en couverture de *Vogue*, sur la plage, à la terrasse des cafés, on disait les seins d'Alice, Alice et ses seins, il y a des filles qui même habillées ont toujours l'air d'être nues, j'étais une de ces filles. Et puis la fille est passée, et c'est passé, et maman a souri : j'ai eu envie de la prendre dans mes bras, de lui dire on va t'en refaire un tout neuf, de sein, tu vas être très belle, comme avant, tu vas voir ; mais c'était trop tard, elle n'aurait pas compris, elle était déjà repartie sur Adrien.

Je me souviens du jour où elle m'a appris qu'elle était malade. Elle est venue, à l'improviste, à mon bureau. Je la vois s'avancer dans le couloir, on la voit tous, son pas rapide, son port de reine, les traits un peu tirés, tiens, mais à peine, et puis ça lui va bien, tout lui va bien, au saut du lit elle est belle, ivre morte elle est belle, malheureuse elle est belle, tout lui va bien, la fatigue et l'amour, l'exultation et la langueur, maman est un miracle, maman fait se tourner les têtes, maman en minijupe provoque toujours un carambolage, elle s'avance dans le couloir, son petit panier baba, son pantalon de corsaire jaune, un kimono par-dessus, elle fait l'essoufflée, elle a, comme toujours, quelque chose d'urgent et de grave à me dire, comme toujours elle va s'emberlificoter, faire des tours et des détours, je le sens à dix mètres, rien qu'en la voyant paraître, rien qu'à voir cet air concentré qui m'émeut ou m'agace selon les jours et qu'elle a aujourd'hui, je le sens à dix mètres qu'elle vient encore me servir une de ces histoires absurdes et hyperembrouillées dont elle a le secret.

Là, donc, je suis à mon bureau. Je m'embête. Il fait chaud. J'ai un peu trop forcé sur le Xanax et sur les pétards pour ne pas penser à Adrien et pour être capable d'aller travailler. Papa m'a bombardée de coups de téléphone jusqu'à ce que je me réveille et il m'a dit aujourd'hui tu vas travailler, c'est un ordre, alors j'ai obéi et je suis là, inutile et flottante, au milieu de tous ces manuscrits, de tous ces futurs non-livres presque aussi inutiles que moi et qui, rien que d'y penser, me font déjà bâiller d'ennui. Je suis contente de la voir. Je vais jouer le jeu, entrer dans l'histoire, considérer ses extravagances, ses nœuds, ses invraisemblances, parfois c'est juste une affaire de sous, elle s'est fait arracher son sac dans le métro, ou les salauds à La Poste sont en grève, ou elle a été payée en fausse monnaie, ou elle doit dépanner une amie très proche, mais si, tu la connais, tu la connais très bien voyons, c'est Françoise, elle s'occupait de toi quand tu étais petite, elle t'a soignée de la varicelle, elle t'a sauvée de la noyade, elle a écrit un article sur ton père, eh bien elle est en garde à vue pour un malentendu, faudrait 1 546 francs et elle ne les a pas, la machine en bas de chez moi a avalé ma carte bleue. En général j'appelle papa, je désembrouille l'histoire ou je la rends plausible ou j'en invente une autre, papa n'a pas le temps de douter, il a autre chose à faire, ou alors il nous croit vraiment : de toute façon peu importe, si maman dit qu'elle a besoin d'argent, elle, si fière, si orgueilleuse, avec ses mensonges à dormir debout, il sait bien que c'est la dernière issue, qu'elle les a toutes épuisées et qu'il faut faire semblant de la croire. Elle fonce sur moi. Je suis prête. Je vais fermer la porte. On va se faire un petit thé dans le bureau. Elle va parler, parler, me raconter son histoire ultracompliquée et on trouvera une solution, on trouve toujours une solution.

La première chose qui me frappe, en fait, c'est pas vraiment son pantalon de corsaire, ses traits tirés, son panier, c'est ses longs cheveux teints au henné qui lui courent sur les épaules. Il y a quelques mois, au téléphone, elle m'a dit qu'elle allait se les faire couper pour qu'ils repoussent plus forts. Je n'ai pas été contente. Je n'aime pas le changement. Ça me fait peur quand les gens changent, surtout maman, et surtout ses cheveux, c'est la première image qui me vient quand je pense à elle, ses longs cheveux soyeux, roux, jusqu'à la taille : quand j'étais petite, il nous arrivait de passer des mois et des mois sans nous voir, c'est énorme les mois quand on est petite, ça compte double, ou triple, ou plus, mais elle m'avait donné une mèche de ses cheveux pour les cas où, et je l'ai toujours avec moi, cette mèche, elle est très longue, toute douce, elle sent, aujourd'hui encore, le même mélange de shampoing au miel, de parfum démodé et de tabac blond. Ils sont très beaux aujourd'hui ses cheveux, très brillants, comme du nylon, et c'est, non seulement la première chose que je vois, mais la première chose que je lui dis quand elle entre dans mon bureau : oh, Maman, comme ils sont beaux, tes cheveux ! Et elle, sans me regarder, prenant bien le temps de s'asseoir en face de moi, d'allumer une cigarette, de sortir un mouchoir de son panier et d'essuyer la sueur qui lui fait comme du vernis sur le front : « Ce ne sont pas mes cheveux, Minou. »

Sur le coup, je ne comprends pas. Je me dis elle dit n'importe quoi, c'est une farce, une espièglerie, une perruque pour jouer dans un film, un jeu de mots dont je n'ai pas bien saisi le sens. Je répète :

« Comment ça, c'est pas tes cheveux ?

– Non, mon chat, c'est pas mes cheveux. »

Ce ton, cette gravité, cette amertume qui lui ressemble si peu, cet air de défaite, cette bouche entrouverte, ce regard fixe, ça n'a plus du tout l'air d'une farce. La suite, je l'entends dans un brouillard, un mot sur deux, des phrases qui n'ont pas de sens et qui semblent franchir des kilomètres avant d'arriver jusqu'à moi, la tête vide, le cœur qui cogne.

« ... ton père... cancer... voulait pas que je t'en parle... la mort de ta grand-mère... Adrien... voulait que je guérisse d'abord et qu'on te dise après... mais ça va être long, mon p'tit Minou... plus long qu'il ne le croit... va être furieux... furieux... il dit que c'est pour te protéger... mais je pense que c'est pire... je pense que pour guérir d'un cancer, d'un cancer, d'un cancer...

– Mais qu'est-ce que tu racontes ? je crie alors. Qu'est-ce que c'est que cette salade de cancer ? »

Et je bondis sur elle. Et, sans réfléchir, comme une furie, je tire sur ses beaux cheveux soyeux qui me restent dans la main, tous, et son petit crâne rond en dessous.

Se rasseoir, la chose morte et molle rejetée sur la table entre nous. Relever la tête. Frissonner.

Regarder vers le plafond. Ne pas pleurer, ne surtout pas pleurer, car besoin de moi, maman a besoin de moi je me dis, ne pas pleurer, être forte.

« Passe-moi une cigarette », je murmure, en priant pour que les larmes ne sortent pas.

L'air appliqué, les sourcils froncés, elle farfouille dans son panier et me tend son paquet de Benson and Hedges Light, des BHL, disait Adrien, ta mère fume des BHL, et ça le mettait en colère.

« Tu m'en veux ?

– De quoi, Maman ?

– De te l'avoir dit, d'avoir désobéi. »

J'ai envie de lui répondre t'es dingue ou quoi ? t'en vouloir ? à toi ? manquerait plus que ça ! je suis pas en sucre quand même ! qu'est-ce que vous croyez, tous ? on est plus fortes à deux au contraire, à trois avec papa, faut arrêter de me prendre pour un bébé ! Mais j'ai trop peur de fondre en larmes, de ne pas arriver jusqu'au bout, de perdre pied, alors je dis juste non, non, c'est mieux comme ça, et je me laisse envahir par cette évidence nouvelle, que j'ose à peine formuler tant elle me fait l'effet d'un sacrilège : cancer... chimio... maman a un cancer et la chimio lui a déjà fait tomber les cheveux... comment n'ai-je rien vu ? rien deviné ? quelle sorte de monstre je suis pour n'avoir rien senti ? pourquoi elle ? comment est-ce possible que ça lui arrive à elle ? est-ce qu'elle n'était pas insubmersible ? immortelle ? est-ce qu'elle n'a pas survécu à une ou deux overdoses, à toutes les variétés du suicide, au chagrin, à la folie ?

Timidement, comme une voleuse, comme si elle profitait de ce que je regardais en l'air, elle reprend sur la table, à ce moment-là, sa perruque toute chiffonnée et se la remet sur la tête. Elle est pas mal, cette perruque, je me rends compte. Elle imite à la perfection son ancienne coiffure. Sauf que maman n'a pas de miroir et qu'elle se l'est mise toute de travers, trop bas sur le front, dégoulinant en longues mèches sur un seul côté et ça lui fait une vraie tête, du coup, de petit clown. Alors, il se passe un truc complètement imprévu, et très bête : au lieu de parler, je ris, et elle, maman, surprise d'abord, puis rassurée, les yeux tout pleins des larmes que j'ai, moi, réussi à cacher, éclate de rire à son tour. On rit ensemble, longtemps, comme deux idiotes, comme deux folles, on rit d'un rire nerveux et bienfaisant qui nous lave de toute la peine qu'on a à se parler et de ce grand chagrin qu'on commence à partager.

La ronde des médecins, à partir de ce jour-là. Les salles d'attente. Les consultations. L'espoir, à chaque fois, que l'un d'eux infirmera le diagnostic, mais non, vous n'êtes pas malade, vous n'avez pas de cancer, de la même manière que, quand j'avais cinq ans, j'étais allée avec papa vérifier chez cinq ophtalmos que j'avais réellement besoin de lunettes. Jamais de ma vie je n'aurai passé tant de temps avec elle. Et ce ne sera pas toujours facile car elle va en profiter pour se mêler de tout. Ma vie. Adrien. Mes amants pour survivre à Adrien. De mes trois amants ou pseudo-amants de cette période, elle va complètement s'enticher, elle va fondre en larmes quand je les quitterai, elle les appellera ou s'arrangera pour les croiser par hasard et leur dire vous en faites pas, Louise reviendra, elle est un peu perturbée en ce moment mais elle reviendra. Et moi, comme il se doit, je me fâcherai et, aussitôt après, je me détesterai de m'être fâchée.

J'ai compris, au bout d'un moment, que maman était plus forte que je ne le pensais, plus vaillante, plus courageuse, et rien que d'y penser, rien que de la revoir, toute titubante et pourtant souriante et se remettant du rouge à lèvres quand elle sortait de ses quinzaines de chimio, j'ai, aujourd'hui encore, les larmes aux yeux. Mais c'est moi, en revanche, qui craque. C'est moi qui passe des journées à pester, et qui entre dans des colères noires, et qui maudis la planète entière de tout le malheur qui me tombe dessus. Scandale, la maladie de maman. Scandale, que les médecins ne puissent pas la guérir tout de suite : à quoi ils servent alors ? hein, à quoi ils servent ? Scandale que maman se soit réveillée si tard, stade trois, quand même, sur une échelle de un à quatre, comment elle a fait pour ne rien voir venir ? Scandale, les charlatans qui, les premiers temps, lui faisaient osciller un pendule au-dessus du sein et martelaient pas de chimio, c'est de la bombe atomique la chimio, vous pouvez guérir avec des tisanes au thym. Scandale, maman qui les croyait, et scandale, moi, Louise, qui les croyais aussi, un peu, cinq minutes, après je l'engueulais, pourquoi on est allées consulter ce débile ? Mais ça ne servait à rien de l'engueuler, maman aussi a passé l'âge de se faire engueuler. Maman et moi c'est une histoire très compliquée. Je suis, dans le genre, encore plus débile que maman. Et puis scandale, enfin, Adrien, scandale, ce méchant Adrien qui a choisi juste ce moment-là, exprès, pour me plaquer...

Je le rends responsable de tout, à l'époque. Ma tristesse, c'est lui. Mes cauchemars, c'est lui. Ma boulimie et mon anorexie, la mort de ma grand-mère et l'assassinat du commandant Massoud, le mauvais temps, le SRAS, le conflit israélo-palestinien, ma première ride, mes yeux cernés, c'est encore et toujours lui. Alors, la maladie de maman ! Comment ne l'aurais-je pas rendu responsable, aussi, de la maladie de maman ? Il a tout calculé, je me dis. Tout prémédité. Il m'aurait aidée, s'il était resté. Sa mère, ses sœurs, son frère, sa grand-mère, son père, toute sa famille, ils s'y seraient tous mis, on aurait été plein pour soulager maman. Au lieu de ça, ses messages idiots, sa voix plaintive, ses textos de mufle et de salaud, Paula, ma nouvelle vie, je suis heureux comme un roi, pourquoi tu me rappelles pas ? De ça aussi il est coupable, ça me fait du bien de le penser.

Tristesse plus tristesse, je sais pas si ça fait double ou demi-tristesse. Par certains côtés, ça double. On se dit : et puis quoi encore ? qu'est-ce qui va encore me tomber sur la tête ? est-ce qu'il y a une limite au chagrin ? Mais c'est vrai qu'en même temps ça m'a occupée de m'occuper de maman, ça m'a permis de mettre un nom sur une douleur qui n'en avait pas, j'avais une raison valable d'être malheureuse et je me suis servie de ce chagrin-là pour atténuer l'autre, je me suis servie de la maladie de maman pour blanchir un sale chagrin d'amour. Je me maudis de dire cela. Je me maudis de le penser. Je me déteste.

Je viens de rencontrer Pablo. Il est sur le canapé, les jambes croisées, ses belles dents, sa belle gueule, il me parle de ce film sur Manolete, ou Enrique Ponce je ne sais plus, et puis les matadors, la vie, la mort, la corne du taureau, il voudrait tant que ça me plaise, il serait si heureux qu'on partage au moins ça lui et moi. Alors parfois je fais un peu semblant, je prends la première phrase gentille qui traîne, je la lui lâche comme à un chat, j'ose pas dire comme à un chien, c'est trop violent, je préfère comme à un chat. Mais là, je n'ai envie ni de faire semblant ni de poser des questions ni de m'extasier, oh oui super allons à Séville, allons à Nîmes, je n'ai envie ni de lui offrir ni de lui devoir ça, ne rien céder, ne céder sur rien, je sais bien que dans le fond, si je me laissais un peu aller, ça finirait par me passionner, mais je ne veux rien qui me passionne, rien.

Il me plaît, Pablo. Il n'est pas mon genre. Il ne

me ressemble pas. Mais c'est ça justement qui me plaît. Le stade siamois, l'aigle à deux têtes, partager le même cerveau, se glisser dans la vie d'un autre comme dans un vêtement chaud, toutes ces conneries d'enfant, c'est fini. Parfois, j'ai juste envie que Pablo se taise, ou qu'il s'en aille.

« Mais qu'est-ce que tu veux faire, il me demande, en me voyant murée dans ma méchante humeur et ma mauvaise foi, qu'est-ce que tu veux faire de ta vie ? »

J'ai envie de rien, ce jour-là, ni de l'entendre ni de ne pas l'entendre, ni d'être tranquille ni de ne pas être tranquille, peut-être juste d'être là et de fumer une cigarette, en tout cas pas de savoir à quoi va ressembler la vie et comment je vois l'avenir, parce qu'on en arrive toujours à ça avec lui et que là, maintenant, ça me donne envie de vomir, non, de dormir.

« Rien, je réponds entre mes dents, en regardant du côté de la forme floue sur le canapé. (Je n'ai pas mis mes lentilles. J'ai décidé, pour l'énerver encore plus, de faire la méchante petite aveugle qui voit pas plus loin que le bout de son lit.)

– Mais qu'est-ce qui t'intéresse dans la vie ?

– Rien.

– Ah bon. Tu veux rien faire.

– Non.

– Tu veux être mère de famille ? Tu veux faire des enfants ?

– Nan.

– D'accord. Formidable... Tu veux être passive, quoi.

– Oui.

– Te laisser porter.

– Ouais.

– Tu veux être une plante verte, un maillot de bain, tu veux être Mouna Ayoub.

– Je veux qu'on me laisse tranquille », je crie.

Il ne répond rien. Il ne lâche jamais prise. On se connaît depuis quelques semaines à peine, mais il a le mode d'emploi, il sait que ça finit toujours par passer, au bout d'un moment je redeviens normale, presque gentille, il n'y a qu'à attendre, faire le gros dos, ou peut-être que non, il ne l'a pas, le mode d'emploi, je confonds avec Adrien. Est-ce qu'Adrien avait le mode d'emploi ? Est-ce que c'était pas le malentendu complet dès le début ? Est-ce que l'histoire n'était pas écrite depuis la toute première dispute, quand j'étais jalouse, déjà, d'une de ses nouvelles belles-mères et qu'il m'a laissée croire que j'étais cinglée ? et qu'en plein milieu de la crise il m'a tout à coup demandé, comme si c'était la seule chose qui comptait : t'as pas une brosse à cheveux ?

Pablo ne répond rien, il se lève du canapé et se

met à marcher de long en large dans le grand salon vide. La première fois qu'il est venu chez moi il a dit oh là là c'est vide y a rien chez toi, avec une tête effarée. Et l'air de se dire, en même temps, qu'il allait y remédier. J'avais été étonnée, presque vexée, c'est vrai que c'était un peu vide, mais je trouvais pas qu'il n'y avait rien. J'ai aimé qu'il apporte vite ses affaires, ses affiches de corridas, ses bouquins, des tas de disques, en vrac, de chanteurs que je ne connaissais pas, il met le son très fort ça ne me dérange pas, la seule chose que je ne veux pas c'est qu'il me demande de m'impliquer, d'aimer, d'apprécier, de sentir la différence, non ça vraiment je ne le veux pas, d'ailleurs il ne me le demande pas, il a trop peur de mon sale caractère pour me demander d'être gentille. Il a tout de suite mis son foutoir, sa vie à lui, et ça aussi ça me plaisait, cette impression, en rentrant chez moi, qu'il y avait quelque chose d'entamé, que cet espace que je ne savais pas comment remplir, cet espace comme un trou, était occupé par Pablo et son foutoir. Il se met donc à faire les cent pas dans le salon un peu moins vide. Je commence juste, à l'époque, à m'habituer à sa démarche. Elle se superpose à celle d'Adrien. Entre ses pas, ceux d'Adrien s'entendent de moins en moins, c'est comme s'il l'écrasait en marchant, c'est comme si Adrien disparaissait sous terre grâce à

Pablo. Il s'approche de moi, prend ma cigarette pour allumer la sienne, souffle la fumée par le nez, on dirait un taureau prêt à charger et il me dit d'une voix très douce : « Non, je ne te laisserai pas tranquille. »

Non mais quel dingue, je me dis ! Il n'a pas compris qu'on ne contrarie pas une fille qui n'en a rien à foutre de rien et qui peut exploser à tout moment ?

« Alors je te quitte, je lui réponds.

– Quoi ?

– Je te quitte je te quitte je te quitte.

– Tu es folle, Louise, tu es folle.

– Va-t'en.

– Non, certainement pas. Je ne te laisserai pas dans cet état.

– Mais quel état, y a pas d'état, c'est mon état, je veux être seule, tu peux comprendre ? seule seule seule seule seule !

– Et pour quoi faire, on peut savoir ?

– Rien ! pour rien faire, surtout rien !

– Écris alors ! Ou fais un collage, un film, une chanson, fais quelque chose de tout ça, ça t'aura au moins servi à ça.

– Mais tu m'énerves avec ton enthousiasme, tu vois toujours le bon côté des choses, moi j'ai pas de bon côté, c'est ça que t'as pas saisi, je veux être seule, rien attendre, rien espérer, dormir fumer des clopes manger hiberner, ne pas penser, ne pas réfléchir, laver par terre avec des lingettes Cif, jouer à Dinosaurland sur mon ordinateur, lire des vieux *Elle*, des vieux *20 ans*, des romans que je connais par cœur, souligner toujours les mêmes phrases, regarder la télé, boire du lait, manger du pain trempé de thé et danser, danser toute seule parce que devant les autres je peux pas, c'est comme une partouze, c'est répugnant, ne pas pleurer, ne pas rire, me faire masser, être caressée, sans réciprocité, inerte, le plus inerte possible sous les doigts de la masseuse que je paie pour cet abandon-là, ronronner, m'endormir !

– C'est ça. Comme tes chats, quoi. Formidable.

– Oui, formidable je suis un chat formidable ! Je t'ai déjà dit que ma mère me tenait en laisse ? C'était la mode, un lien autour de la taille, elle me ramenait à elle pour traverser la rue, ça choquait les bourgeois, elle m'habillait en noir, les gens l'insultaient, c'était génial.

– Arrête Louise, t'es pas drôle maintenant.

– Je sais que je suis pas drôle, je te quitte.

– Non, tu ne me quittes pas.

– Si.

– Non. Je t'aime.

– C'est nul de dire ça, c'est la phrase la plus bête

du monde. Moi je ne t'aime pas, je ne t'aimerai jamais, je n'aimerai plus jamais personne.

– Il t'a bousillée, Adrien.

– Ça ne te regarde pas.

– Ça me regarde. Parce que je t'aime.

– Non tu ne m'aimes pas, je ne veux pas que tu m'aimes, j'ai le cœur tout sec, moi, tout rassis.

– Je vais l'arroser, ton cœur. Je vais l'arroser, tu vas voir. Viens, viens près de moi, là, voilà...

– J'étais une fille formidable, moi, avant. Mais là, là, là...

– Là quoi ?

– Là, je te gâche.

– C'est lui qui t'a gâchée. Tu vas m'aimer, tu vas voir.

– Je suis fatiguée.

– Mais non t'es pas fatiguée.

– Dis-moi quelque chose de gentil...

– Je te le dis.

– Merci, oh, merci, j'en peux plus. »

C'est comme ça qu'on ne s'est pas quittés. Ça fait deux ans maintenant. Il sait qu'il ne peut rien me demander. Il ne sait pas grand-chose de moi, mais ça il le sait, je n'ai rien à lui donner, je n'attends rien non plus de lui. Peut-être qu'il en souffre. Peut-être qu'il attend, qu'il pense qu'il va me guérir. À l'époque, après la dispute, j'ai définitivement interdit les mots d'amour. Obscènes, les mots d'amour, usés d'avoir trop servi, je trouve ça déshonorant de dire je t'aime à une femme, je trouve qu'entre homme et femme ça devrait être un motif de rupture, je nous interdis les mots pour être sûre que les sentiments ne vont pas suivre et qu'un matin on va pas se réveiller avec l'amour qui sera parti, comme ça, cling, comme c'est venu.

Pablo est gentil. Il fait semblant de comprendre. Plus d'amour ? il dit. Plus de mots d'amour ? Il reste tout le reste et le reste est immense, à commencer par les syllabes, la couleur de la voix, l'intonation. Et c'est vrai que quand il me dit Louise au téléphone, tu comprends Louise, tu m'entends Louise, quand il me parle le soir avec sa manière à lui d'arrondir les lèvres, Lou comme une caresse, ou une moue, et sa façon sur *ise* de bien détacher la syllabe et de bien montrer ses dents crayeuses qui ne réfléchissent pas la lumière mais l'absorbent, quand il dit Louise comme ça, je n'ai rien à lui reprocher puisqu'il n'a rien dit, et qu'il n'a pas prononcé les gros mots interdits, mais c'est comme un câlin volé, et j'aime bien. C'est un peu de la triche, d'accord. Mais c'est réglo. Je ne peux pas me fâcher. D'ailleurs je ne me fâche pas. C'est bon, juste mon prénom. C'est presque tendre. Il chuchote mon prénom et c'est comme la douceur des choses qui me revient.

Personne rue du Four, à mon bureau. Normal, c'est l'heure du déjeuner. M'asseoir. Réfléchir. Reprendre toute l'histoire depuis le début, comment, pourquoi, l'arrivée de Paula à Porquerolles avec le père d'Adrien, sa gaieté, son entrain, elle disait l'homme de ma vie, ils avaient l'air de s'aimer et de bien rire ensemble tous les deux, moi aussi au début elle me faisait rire, quand est-ce que j'ai compris qu'elle voulait le fils après le père et qu'elle faisait semblant d'être gaie mais qu'elle voulait juste détruire, créer le maximum de drame et de malheur ? Ce bruit, malheureusement, dans ma tête, qui m'empêche de bien penser. Ouvrir la fenêtre, mais il y a presque autant de bruit dehors. Fermer la fenêtre, bang bang, ça cogne de plus belle, c'est comme des grands chocs dans un grand vide. Me masser les tempes, peut-être ? Me masser la racine des cheveux ? Autrefois c'était maman. Personne au monde ne sait comme maman endormir les idées noires. Mais là c'est pas des idées noires, c'est pas d'idées du tout, c'est juste du bruit dans du vide, et maman est si malade, c'est mon tour de lui faire des massages. Personne ne me massera jamais comme maman. Personne. Pas d'idées, non, pas de sentiments, rien, je crois bien que j'ai tout jeté.

Les photos du mariage, j'étais trop maquillée de toute façon, jetées.

Tes lettres, les lettres où tu me disais, non, ne pas me souvenir de ce que tu me disais dans ces lettres, jetées.

Jetés, les collages absurdes et poétiques qu'on s'offrait quand on était amoureux et enfants et fauchés.

Jetée, mon alliance, enfin les morceaux sciés de mon alliance, l'annulaire enflé, petite somatisation, vous êtes sûre que vous ne voulez pas conserver les morceaux, m'a demandé la dame de la bijouterie, non merci, gardez tout.

Et puis ce manuscrit, là, sur mon étagère, au hasard : très mauvais, ce manuscrit, à vomir, à gerber, tout est à gerber de toute façon, à gerber la future lettre de refus, à gerber l'espoir du type à l'autre bout, jeter aussi, dégager, ça vaut mieux pour tout le monde, pour lui, pour moi, pour la maison, pour l'édition, jeter toute la pile dans la foulée, allez, jeter celui-ci, jeter celui-là, remplir un grand sac, manuscrits reliés, déjà refusés ailleurs ça se voit, on a essayé d'arracher l'étiquette mais ça se voit, couvertures cartonnées, illustrations pathétiques, petites lettres d'introduction, tous ces efforts, ces manigances, hop, tout jeter, le talent, la médiocrité, les fulgurances d'écriture, jeter encore, anéantir, entasser dans le sac-poubelle, le traîner dans le couloir, le poser devant la porte, en prendre un autre, le remplir, y en a beaucoup des manuscrits, beaucoup trop, tous à gerber, allez, zou, et les livres aussi, on publie trop tout le monde le dit, faire le ménage, le grand ménage, mes fiches de lecture, mes disquettes, hop là, aux ordures les dégueulasses, aller dans les autres bureaux, profiter de l'heure du déjeuner pour bazarder un maximum, quatre sacs-poubelle, pas assez large ce couloir, pourrai pas faire beaucoup plus que ces cinq sacs-poubelle, j'ai toujours eu un problème avec les couloirs, j'avais quatre ans, papa me faisait visiter le nouvel appartement où nous allions vivre, sans maman, partie maman, quittée maman, il me montrait ma chambre pleine de nouveaux jouets, son bureau juste à côté, et la seule chose qui m'intéressait, je m'en souviens, c'était le couloir, est-ce qu'il y a un couloir assez grand pour jouer aux petites voitures et à la marchande ? Arpenter le couloir, combien de pas jusqu'à la porte, tiens, plus au retour qu'à l'aller, recommencer, retourner m'asseoir, non, d'abord descendre les sacs, j'ai la tête qui tourne, ça cogne de plus belle, ça tourne et ça cogne, envie d'un thé tuyau de chat, toujours les chats, marre des chats, le thé est trop chaud, me brûle la langue et la gorge, encore une gorgée, bien fait pour moi, j'avais qu'à être aimable, aimable et pas quittable, j'étais son petit ours.

On était dans la salle de bains, je me souviens. J'étais son petit ours. J'étais jalouse de cette fille-là, Paula, qui sortait avec son père et qu'on avait vue arriver, genre le monde est à moi et les mecs aussi, un matin, dans la maison de Porquerolles. Il était dans son bain. Ça l'amusait que je sois jalouse. Il me disait mais mon amour, c'est ma belle-mère, tu vas pas être jalouse de ma belle-mère ! Ça me faisait rire, mais quand même j'étais jalouse, je trouvais qu'elle faisait trop la coquette, elle était avec son père mais je l'avais vue, à la plage, au café, à table, faire l'intéressante et l'innocente, minauder, draguer tous les hommes du paysage, oh comme vous êtes passionnant, ah comme vous êtes séduisant, je la trouvais belle et dangereuse avec ce visage immobile, comme sculpté dans la cire, quand elle souriait elle avait une sorte de déplacement des os qui découvrait ses dents, toutes pareilles, taillées pareilles, je la trouvais belle et bionique, avec un regard de tueuse.

Quand j'avais quinze ans elle était déjà mannequin, j'étais fascinée par ce visage parfait, après j'ai appris qu'il était faux, qu'elle l'avait choisi sur un ordinateur avec son chirurgien, alors voilà, on va vous faire des pommettes hautes, comme ça, en silicone, on va raccourcir le nez et rajouter un peu de menton pour l'équilibre du profil, très bien les yeux, rien à changer pour les yeux, mais on peut opérer une très légère incision sur les tempes histoire de rehausser la ligne du sourcil, qu'en pensez-vous, quelques injections de Botox pour glacer l'ensemble, pour les dents vous verrez avec mon collègue. Ça me plaisait, moi, dans le fond, de décider comme ça de son visage, je trouvais ça classe.

Adrien se lavait les cheveux, il s'était fait une drôle de coiffure avec le shampoing, des mèches en l'air sur un côté, ça me faisait rire, il m'a dit t'as pas à être jalouse, t'es un milliard de fois plus belle qu'elle, elle est toute refaite, toute figée, c'est Terminator cette fille, tu sais ce qu'elle m'a dit, à l'aéroport, quand je suis allé la chercher avec papa et que j'ai voulu l'aider à porter sa valise, elle m'a dit merci, j'ai besoin de personne, moi les hommes je les castre tout de suite, et puis de toute façon maintenant qu'elle est avec mon père c'est plus une femme c'est un tabou, c'est comme ça. J'étais rassurée, fallait être bête, ou cinglée, pour être jalouse d'un tabou, et il ne m'aimerait pas si j'étais bête et cinglée. Tu m'aimes, dis, tu m'aimes ? Il m'aime, il me dit qu'il m'aime, il me le montre il me le jure, il me dit regarde, on est comme les deux doigts de la main, on est comme ça, regarde. Zut. Fichu couloir, je cligne des yeux j'ai une poussière dans l'œil, j'aurais dû me méfier, je ne me méfie jamais.

Cette complicité, entre eux, qui inquiétait légèrement son père, arrêtez maintenant vous deux il leur disait quand il les voyait faire trop les complices, ou se passer de la crème solaire dans le dos, ou chanter en chœur après les dîners. Moi ça me faisait sourire, je souriais jaune mais je souriais quand même, pas jalouse pas jalouse, il ne m'aimerait pas si j'étais cinglée, j'étais pas cinglée, j'étais pas jalouse, j'aurais dû. Et alors, ça aurait changé quoi ? Je serais partie ? Peut-être que je serais même pas partie. C'était la fin, de toute façon. On n'était plus des enfants et on s'aimait comme des enfants, des coups de pied, des coups de poing, des batailles de coussins, des enfants des enfants des enfants, je hais les enfants, je hais l'amour, je cligne des yeux, je ne pleure pas, non, non, j'ai juste une poussière dans l'œil, je suis à mon bureau, avant, du temps d'Adrien, je n'aurais jamais été à mon bureau à cette heure-là, je dormais à poings fermés, c'est pour ça que j'étais son petit ours, même pas foutu de comprendre pourquoi je dormais toute la journée, quel salaud. J'ai une saleté de connerie de poussière dans l'œil. Est-ce que c'est de penser à cette fille qui faisait copine, et qui m'appelait Belles Fesses, alors comment ça va Belles Fesses ? Un jour je l'ai croisée à la piscine, elle était déjà avec Adrien mais je ne le savais pas, pas jalouse, pas cinglée, pas jalouse d'un tabou, elle m'a dit avec son sourire de Terminator et son visage au formol c'est n'importe quoi les gens, c'est des salauds, ils racontent que j'ai couché avec ton mari, vous êtes si mignons tous les deux, un si joli couple, faudrait être ignoble pour détruire tant de bonheur, c'est tellement rare le bonheur.

Aller dans la salle de bains, passer ma lentille sous l'eau, attention, pas qu'elle tombe, il y a quelques années rue de Condé je me suis frotté les yeux et je l'ai perdue comme ça, d'habitude comme elles sont semi-dures ça fait un petit ploc en tombant sur le plancher, là je suis restée sans bouger à attendre le ploc mais il n'est pas venu, je suis allée devant la glace vérifier qu'elle n'était pas sur le blanc de l'œil, ou quelque part accrochée aux cils, j'ai tourné l'œil dans tous les sens, elle n'était pas sur le blanc ni sous la paupière ni nulle part, alors j'ai commencé à paniquer, j'ai rampé de la salle de bains au salon en effleurant bien le sol avec mes mains, elle était peut-être tombée sur le chemin, mais non, j'ai commencé à pleurer, et comme ça n'arrangeait rien j'ai arrêté tout de suite. Adrien est arrivé à ce moment-là, il m'a trouvée par terre près du canapé en train de caresser le sol en reniflant, qu'est-ce qui se passe, j'ai perdu une lentille, quoi comment, si je ne la retrouve pas je n'assiste pas à ta saloperie de conférence, quoi mais pourquoi, parce que je ne vois rien, mais t'en as pas une de secours, nan tu penses bien que si j'en avais une de secours je resterais pas là comme ça à ramper, ah c'est malin et comment se fait-il que tu n'aies pas toujours une lentille en réserve, myope comme tu es, je sais pas tu m'énerves, mais c'est une catastrophe, tais-toi c'est pas le moment c'est une catastrophe mais c'est pas le moment, tu n'aurais pas dû te frotter les yeux mon ange, je sais que j'aurais pas dû mais à quoi ça sert de me dire ce qu'il fallait faire ou pas faire c'est trop tard c'est fait. Je criais, je trépignais, il m'énervait tellement que je ne pensais plus à ma lentille, lui me regardait médusé et brusquement il m'a dit ne bouge plus, il a approché ses doigts pleins de poussière de ma paupière, l'a tirée vers le haut et a délicatement ôté la lentille qui faisait ventouse avec un cil. Je rince ma lentille. Je la repose sur l'œil. Dans quelques années l'opération pour les grandes grandes myopies sera au point, mais dans quelques années bof, je serai presbyte, quelle horreur, et puis j'aurai des rides et tout, je me regarde dans le miroir, je n'ai pas de rides, j'ai mauvaise mine.

La salle de bains, la jalousie, la mèche raidie par le shampoing, la mise au point, la gentillesse, le petit ours, tout ça, c'était il y a deux ans, ou trois, c'était hier, et maintenant il a un enfant avec elle, la très belle, la méchante, l'impérieuse Paula. C'est le plus beau jour de ma vie il m'a dit, au téléphone, en s'arrêtant bien après la phrase pour mieux guetter ma réaction. Les Ingouches aussi ils sont heureux quand ils ont un enfant, m'a dit papa pour me consoler. Ça m'a fait rigoler, les Ingouches. Et je n'avais pas tellement besoin d'être consolée, en fait, car ça m'a pas fait grand-chose, sur le moment, qu'il ait un enfant. À chaque fois qu'il m'appelait, à l'époque, je me disais bon, qu'est-ce qu'il a cette fois ? il a couché avec son prof ? avec son psy ? avec la femme de son psy ? Alors, qu'il ait un enfant ou autre chose, ça n'avait pas beaucoup d'importance. J'étais un peu étonnée, juste un peu, j'aurais dû au moins tomber des nues mais j'en tombais même pas tellement, j'ai attendu que l'émotion monte, près du téléphone, après avoir raccroché, mais rien ne venait, rien ne montait, comme à la fin, avec les amphétamines, quand j'étais devenue trop habituée, trop intoxiquée pour que ça me fasse encore de l'effet. Il n'était pas encore mort pour moi, Adrien, à cette époque-là. Il est mort plus tard, avec Pablo. Il en était, là, seulement au stade connard. Mais c'est moi qui devais être morte, ou trop blessée pour souffrir encore, ou tellement en état de choc que rien pouvait plus me toucher.

Il me disait, quand on s'aimait, un jour tu me quitteras. Ça me faisait rire, c'était absurde, je répondais non je ne te quitterai pas. Si, tu me quitteras, tu me quitteras parce que tu es une reine et que moi j'ai le cul en plomb, tu te fous de tout, de ce qu'on dit de toi et de ce qu'on pense, de plaire et de déplaire, tu n'as pas besoin de moi, tu n'as besoin de personne, tu es forte, plus forte que moi en fait. Je riais, ça me faisait hurler de rire, plus forte que lui, besoin de personne, quelle blague. Mais lui, obstiné, répétait tu me quitteras un jour, j'en suis sûr, mais je suis sûr aussi que personne ne t'aimera jamais comme moi. Ah, et pourquoi ? Parce que. Parce que quoi ? Parce que c'est comme ça, je te connais par cœur, je t'aime par cœur, personne jamais t'aimera par cœur comme moi. Je pensais qu'il avait tort. C'est loin, je m'en souviens mal, mais je crois que je pensais qu'il avait tort, qu'on ne se quitterait jamais, il était toute ma vie, je n'allais pas quitter ma vie, il disait ça pour se faire peur, et ça me donnait le vertige de m'imaginer sans lui. Il disait ça pour se faire du mal, pour me faire du mal, mais ça ne me faisait pas mal, c'était imaginer une couleur qui n'existe pas, je n'y arrivais pas.

J'ai pas pleuré le jour où il m'a quittée. J'en mourais d'envie, j'étais pleine de larmes à l'intérieur, noyée de larmes à l'intérieur, à l'intérieur je hurlais, mais devant lui j'ai pas pleuré. J'ai pas pleuré non plus devant maman. Elle n'était pas encore malade, ou elle ne le savait pas encore, mais elle était si mal, presque aussi mal que moi peut-être, elle l'aimait tant, pas comme moi mais elle l'aimait tant, elle non plus elle ne comprenait pas, alors elle est venue à la maison, elle m'a caressé longtemps les cheveux, elle m'a roulé un joint et je me suis endormie. Le lendemain matin, je l'ai appelé sur son portable. Ça y est, tu es parti, vraiment parti ? Oui, ça y est, je suis vraiment parti. Il y avait tant de bonté dans sa voix, tant d'incrédulité aussi, il semblait avoir tant de mal à y croire lui-même, je sentais tant d'imploration dans sa façon de répéter je t'aime, je t'aime tant, pardonne-moi, pardonne-moi, pardonne-moi, que j'ai toujours pas pleuré et que je lui en ai même pas voulu. On est restés longtemps au téléphone sans se parler, nos respirations nos cœurs qui battaient, ensemble encore, sur le même rythme encore, encore un peu, oh s'il te plaît un tout petit peu, comme deux siamois tout juste séparés, comme un corps sans tête qui continue de courir, comme une tête sans corps qui continue de râler, encore, quelques instants, un dernier câlin, un dernier fix, un dernier soupir, la fin. On se taisait, il y avait trop à dire, on s'entendait si bien quand on ne se disait rien, c'est dans le silence qu'on s'entendait le mieux, finalement.

Dans le silence maintenant, je n'entends rien. Ça cogne dans ma tête, mais je n'entends plus rien. S'allonger, allonger une jambe, laisser l'autre la rejoindre, ne plus bouger, tu vois, on était comme ça, comme deux jambes, deux doigts, deux jumeaux, deux inséparables, c'est mon bureau, j'ai bien le droit, j'ai même le droit de m'endormir si je veux, de parler toute seule, de chanter une chanson idiote, de serrer les dents, de plus rien dire ni penser, j'avais peut-être pas le droit pour les manuscrits, mais tant pis, je me sens mieux, j'ai un tout petit peu moins mal, ça cogne moins dans ma tête, le dentiste m'a dit que j'ai usé mes dents à force de serrer les mâchoires. Est-ce que je me rends compte que je serre les mâchoires ? Peut-être, la nuit, pour ne pas parler, pour ne rien dire à Adrien qui m'avait enregistrée, une fois où j'avais été trop bavarde au milieu d'un rêve. J'avais trouvé ça tellement violent, pas comme un viol mais comme un vol, le vol de ma voix, mon rêve et ma respiration sur une cassette, que, pour me venger, j'avais lu son journal intime. Non, d'ailleurs, c'est pas vrai, je l'avais lu avant son journal. Il écrivait qu'il m'aimait, c'est dire comme ça ne veut rien dire. Il écrivait qu'il m'aimait, le reste je ne l'ai pas lu, ou alors je l'ai oublié. Mal au cœur, à nouveau. Envie d'une cigarette. Je sais, je fume trop. J'arrêterai quand je serai enceinte. J'ai mis du temps à y arriver, mais maintenant ça y est, je fume trop. Fumer, c'est fait. Me marier, c'est fait. Divorcer, c'est fait. Ensuite il y a quoi ? Le permis de conduire, la carte d'électeur, et puis, oui, faire un bébé.

Divorcer ça s'est fait très vite, j'avais oublié la date, j'oublie les dates, j'aime pas les dates, la date de mon anniversaire je la hais, alors cette date-là, la date de ce divorce à la noix, avec ce type à la noix que j'ai tant aimé. Je trouve qu'on devrait avoir le droit de la choisir, la date de son anniversaire, c'est même la moindre des choses, comme Paula et son visage. À Pablo, j'ai dit que j'étais Scorpion, je trouvais ça sexy, plus sexy que Vierge, j'avais trouvé une chouette date en novembre, et puis j'avais oublié, mais pas lui, alors il m'a fait livrer des tas de fleurs, ça se dit pas des tas de fleurs, comment on dit ? des tas de bouquets, non, c'est tas qui va pas, des bouquets, il m'a fait livrer des bouquets quelque part en novembre, j'étais contente, surprise mais contente. Je lisais mon horoscope toutes les semaines, dans *Elle*, à haute voix, alors, que va-t-il nous arriver à nous autres les Scorpions ? J'intériorisais tout bien, ça me plaisait de décider de mon avenir, comme quand j'avais treize ans et que je m'étais fait faire un tatouage dans la main pour prolonger ma ligne de vie. Je lisais parfois Vierge en passant, en diagonale et pas à haute voix, juste pour voir ce à quoi ouf j'échappais.

Peut-être que je pensais qu'en oubliant la date du divorce j'allais y échapper. Mais il aurait fallu, pour ça, qu'il l'oublie lui aussi. Or il n'oublie rien, il est hypermnésique. Il disait toujours qu'il faudrait, de temps en temps, qu'il se fasse faire des saignées de mémoire. Parfois il m'envoie des photos de nous, je ne sais pas d'où il les sort, il a dû les stocker, on est à Rome avec Ben et le bébé chat qu'on a oublié là-bas, on est à Amsterdam devant une pub « nobody make them like my mum does », on est en Jamaïque complètement stoned avec des cigares géants sur un pédalo géant. Il garde tout. Il oublie rien. Alors le divorce ! Quand il m'a appelée, sur mon portable, quelque part je ne sais plus quand, j'étais en train de m'acheter un nouveau jean, ça je m'en souviens mais ça ne m'aide pas pour la date, il était fou furieux. Qu'est-ce que tu fous ? il a gueulé. Il m'attendait devant le Palais de justice, en costume noir, presque le même que le matin de l'enterrement de ma grand-mère, ou peut-être le même, son costume des grandes occasions, je crois que si je l'avais rencontré là pour la première fois, furieux mais bien coiffé, cigarettes anglaises chaussures cirées rien qui cloche, il ne m'aurait pas plu. Moi j'étais en jean, essoufflée, ahurie, moi non plus je ne lui aurais pas plu. On a signé les papiers dans le bureau du juge, c'était facile, vite fait bien fait, on n'avait que nous en commun.

J'ai tout donné, ouste, de ma vie d'avant, maintenant je ne mets plus que des jeans, je suis une ex-femme. Une ex-femme-en-robe c'est un contresens, ou alors c'est du déguisement et faut être drôlement solide pour se déguiser, pas avoir peur de se perdre, bien savoir où on est et qui on est, moi je suis l'ex-femme d'Adrien, l'ex-petite-fille de ma grand-mère et j'ai des jambes télescopiques, c'est Pablo qui me l'a dit et il aimerait bien que je me mette en robe, parfois, alors je dis on verra, on a le temps, tout en sachant très bien que les robes c'est pour les vraies femmes, sinon c'est du travestissement, c'est un truc de travelo, toute façon c'est pas pour moi. Après, on est allés boire un café en face du tribunal, il pleurnichait, il m'énervait avec ses lunettes noires pour bien qu'on comprenne qu'il était triste, moi je ne pleurais pas, ça faisait longtemps que ça ne me faisait plus pleurer, d'être triste.

Il était triste aussi, Pablo, quand il a lu ma vraie date d'anniversaire sur mon passeport. On était surexcités, on partait au Maroc, il n'arrêtait pas de dire l'Afrique ! l'Afrique ! le continent africain ! Je le trouvais mignon mais je me taisais, il déteste l'idée que je le trouve mignon, ça l'offense, je ne voulais pas l'offenser, mais il était offensé que je lui aie menti, ou peut-être déçu que je ne sois pas Scorpion, il n'a rien dit mais de temps en temps, dans l'avion, il me lançait des regards en biais genre mais qui est cette fille, quelle folie. Au-dessus du désert, j'ai essayé de le rassurer, tu sais je suis ascendant Scorpion, c'est bien aussi, c'est presque mieux, mais j'ai bien vu qu'il ne me croyait plus, c'est dommage, pour une fois que je ne mentais pas, je me sentais toute nue de ne pas mentir.

Rue Bonaparte c'est mon appart, je l'ai cherché pendant un an, après ma rupture avec Adrien. Je visitais je visitais, tout m'allait, tout me plaisait, j'avais pas de critères pas de repères, je demandais à des copines, qu'est-ce que tu crois, qu'est-ce que t'en penses, je la jouais désinvolte et gai, je la jouais c'est amusant de chercher un appartement, avec Adrien on ne s'était pas amusés, on avait des problèmes d'argent, on était fiers, on ne voulait pas demander d'aide à nos pères pour la caution, enfin lui ne voulait pas, moi je m'en foutais, je n'ai pas cette fierté ou cette pudeur-là, et c'est nos pères, évidemment, qui se sont occupés de la caution à la fin.

Là, pour la rue Bonaparte, je n'ai pas eu de problèmes d'argent, mais j'étais seule. Libre, bêtement libre, comme l'âne de Buridan. Ma liberté, avant, c'était Adrien. Adrien parti, la liberté c'était du vide.

J'étais toute seule, les copines avaient toutes des avis contraires, et moi je n'avais pas d'avis du tout, alors ça ne m'aidait pas tellement, trop grand pour quoi, trop loin de qui, trop bobo, trop baba, trop bourgeois, et moi là-dedans je fais quoi ? Pauvre petite fille riche, m'a dit maman pour rigoler soi-disant, mais ça m'a mortifiée. C'était un drôle de reproche. J'étais la sienne, de petite fille. Pauvre et riche, c'est elle qui m'avait faite. Pauvre et riche avec elle, avec papa, le camping de Locmariaquer et les chambres d'hôtels parisiens où papa habitait quand il avait plein de femmes différentes qui voulaient toutes que je les appelle Maman, ça me tournait la tête à la fin. Là, j'avais les sous, mais je n'avais pas d'idées et pas d'imagination, c'est surtout ça qui m'ennuyait et qui tracassait mon père, c'est terrible de tracasser son père, il n'y a rien de plus embêtant que de tracasser un père qui se fait déjà un sang d'encre quand il pense aux malheurs de sa Louise, bon Dieu ça s'arrange pas, Louise va pas mieux je lisais dans ses yeux, et rien que pour ça je priais pour trouver très vite un appart que je puisse faire semblant d'aimer.

J'arrivais dans une pièce, est-ce qu'elle me plaît, est-ce que je me vois y vivre, avec qui, dans quelles couleurs, quelle musique, avec quelles envies, quelles habitudes, mais c'est comme si j'étais coincée sur un manège, le manège tournait, et tournait, et ne s'arrêtait pas, comment descendre, comment stopper, comment reprendre pied, tout tournait autour de moi, et ma tête tournait avec le reste, je n'étais pas dans l'hésitation, je n'étais pas dans l'exigence ou le rêve ou le refus j'étais dans le vide, pas somnambule pas zombie, non, juste vide, flottante, un peu ailleurs, comme ma grand-mère sur son répondeur. Je savais bien qu'il fallait que je me décide. Il y a bien des choses qui te plaisent plus que d'autres, m'avait dit papa, qu'est-ce qui t'arrive, qu'est-ce qui ne va pas, rien, papa, tout va, regarde, cet appart rue Bonaparte, c'est forcément un bon appart.

Depuis que je suis née et que je parle, c'est toujours le même disque : qu'est-ce qui ne va pas ? Rien, papa, tout va bien, je suis ta petite Louise et tout va bien, même si dedans c'est le vide, ou le chaos, ou les montagnes russes, ou l'envie de crier au secours au secours comme le jour où j'avais pris un Di-antalvic parce que j'avais mal aux dents, et parce que tu allais te remarier mais surtout parce que j'avais mal aux dents, puis un autre parce que la douleur ne passait pas, et puis un autre encore, et les quatre boîtes, finalement, et j'étais déjà en train de m'endormir et je répétais au téléphone, comme un méchant petit automate, mais non, papa, tout va bien, je te jure que tout va bien.

La seule chose dont j'étais sûre c'est que je ne pouvais pas rester rue Bréa, avec ces pièces mortes, vides, pas le bon vide qui attend d'être rempli, un vide en désordre, un vide sale, des pièces où je ne passais plus l'aspirateur, où je ne passais plus du tout, des pièces que je n'aérais plus, que je n'éclairais plus, où même mes chats ne mettaient plus les pattes. Le vide de la bibliothèque d'Adrien, le vide de son départ précipité et réfléchi, au petit matin, avec juste une petite valise, le vide de sa fuite, de son bureau, de ses placards, le vide plein de ces détails qui, quand je suis tombée dessus, quelques jours plus tard, un soir, en allant refermer le vasistas qui battait sous l'orage, m'ont donné la nausée. Une enveloppe, des morceaux de photo échappés de la poubelle, son visage, ma main, une silhouette en ciré jaune canari sous la pluie, je crois que c'était à Venise, je crois que c'était un ciré qu'on m'avait prêté à l'hôtel, je crois que cette image de moi enfouie sous le ciré de marin bien trop grand l'avait ému aux larmes, j'avais oublié qu'il m'avait prise en photo puis dans ses bras en murmurant que c'était la plus jolie image qu'il aurait jamais de moi, et cette photo il l'a oubliée en partant puisqu'elle est là, déchirée, dans son bureau, son ex-bureau d'ex-mari.

Il y avait aussi une couverture de livre un lacet un haltère une écharpe un après-ski une brosse à cheveux, dans cette pièce vide comme une tombe pillée, un vide qui ressemblait à celui de ma tête, de mon ventre, un vide qui ne serait jamais comblé, qui aurait résisté à l'arrivée de nouveaux meubles de nouveaux objets de nouveaux sentiments, ce vide-là absorbait tout comme un trou noir, c'était un vide intergalactique, un vide épais, un vide d'ogre, il fallait que je parte, il fallait que je me décontamine d'urgence, c'est ça, la rue Bonaparte, c'est juste ça que j'ai pensé quand je l'ai visité et que je me suis décidée, je ne me suis pas dit ça y est, c'est mon goût, mon idéal, c'est un joli cocon pour une jolie nouvelle vie, je déteste les gens qui se disent ça, j'ai horreur de ceux qui passent leur vie à chercher l'endroit parfait où ils pourront s'installer et, une fois qu'ils l'ont trouvé, à faire des tas d'histoires pour bien l'aménager, quand ils ont fini c'est la fin, ils sont devenus vieux, ils n'ont plus qu'à mourir, non, je me suis juste dit c'est un bon appart parce que c'est un bon sas de décontamination.

Car je n'ai pas de goûts. Pas de dégoûts non plus, je crois. Je sais ce qui se fait et ce qui ne se fait pas, je sais les modes, je connais les codes, mais ça laisse de la marge, c'est vaste et chez moi aussi c'est vaste et c'est pour ça que c'est vide, qu'il n'y a rien et que j'attends.

J'attends que le goût vienne, ou revienne, comme un appétit perdu, ou le sommeil pour un insomniaque. J'avais sûrement du goût quand j'étais petite, je devais aimer le rouge plus que le vert, oui, maintenant je m'en souviens, j'avais le vert en horreur, et l'idée du orange et du vert ensemble suffisait à me donner envie de gerber. Or, là, je ferme les yeux, j'imagine orange et vert orange et vert, l'envie de gerber ne vient pas, j'ai perdu mon dégoût. Alors j'attends. J'observe. J'ouvre grand les yeux chaque fois que je vais chez quelqu'un, est-ce que c'est beau, est-ce que ça me plaît, ouh dis donc qu'est-ce que ça me plaît ! je me force, ça pourra peut-être aider, allez, on dirait que ça me plairait, mais non, ça n'aide pas tant que ça, voilà un an que je suis rue Bonaparte et je n'ai toujours pas trouvé ce que j'aimais.

Avant c'était simple, j'aimais ce qu'Adrien aimait, il aimait le noir et le blanc, il trouvait les couleurs insupportables et vulgaires et moi je faisais comme lui, exactement comme lui, c'était si simple. Un jour, pour faire comme lui, j'avais peint tous mes livres en noir, c'était pas commode ensuite pour les reconnaître, mais la vie n'est pas faite pour être commode, et puis j'aimais Adrien.

Quand j'ai aménagé, j'ai demandé à maman de m'aider. Elle a du goût, elle a un goût, c'est peut-être même le mien après tout, qui sait, ça réglerait tout, mais peut-être pas, comment savoir ? Je me suis dit on verra bien, comme le reste, comme l'amour, comme les robes, comme les boums où j'allais en pleurant mais finalement j'étais contente, et j'ai donc appelé maman. Il faut casser les murs, elle a dit, enlever les portes, toutes les portes, même la salle de bains ? même la salle de bains, et puis l'urgence, la grande urgence, c'est les moulures au plafond, très bourgeois les moulures, à bas les moulures, et puis le vrai problème dans les apparts c'est l'or-ga-ni-sa-tion-de-l'es-pa-ce. J'étais d'accord, d'accord sur tout, je sentais bien que c'était un goût et qu'il suffisait de dire c'est mon goût, un goût en kit, un goût préfabriqué, clés en main, tout plutôt que le néant dans lequel j'étais et qui, pour la première fois, me faisait légèrement paniquer.

Maman m'a présenté un copain à elle, architecte décorateur. Bon, il avait au moins cent ans, il sortait de prison, il venait d'Albanie, il n'avait pas ses papiers, mais là-bas dans son pays c'était le roi, le champion de la déco pas bourgeoise. Il a commencé à casser une porte avec un outil, il avait l'air très content, très d'accord avec maman, il semblait prendre un immense plaisir à défoncer ma porte. Puis, comme une autre porte résistait, il s'est aidé des pieds et des poings, je lui ai dit mais monsieur Roussovitch, il a continué à cogner, bang bang, mais monsieur Roussovitch les portes on n'est peut-être pas obligés de toutes les casser, bang bang, je pourrais les mettre à la cave au cas où un jour je changerais de goût, il a arrêté de cogner, il m'a jeté un regard soupçonneux, il a écrasé son mégot par terre, et il m'a dit quelque chose en albanais. J'ai dit comment, il a répété la même chose avec de grands gestes comme s'il sautait à la corde, et puis encore une fois le doigt pointé sur moi, menaçant. J'ai dit ok ok, il a hoché la tête et a continué à tout démolir.

Le lendemain, il n'est pas revenu, il n'a pas demandé à être payé, rien du tout, on ne l'a plus revu.

Est-ce que le plus urgent c'était les moulures ? j'ai demandé à maman. L'urgence je trouve c'est pas d'enlever c'est d'ajouter, des draps, des rideaux, des tam-tams des ventilateurs des moustiquaires. Mais elle n'était pas d'accord, maman, d'abord les moulures, et elle s'est fâchée, et elle m'a dit dans ce cas tu te débrouilles. J'ai dit tant pis, je vais me débrouiller et je me suis débrouillée.

J'ai voulu acheter des rideaux, ou bien des stores, qu'est-ce que je préfère ? Je ne préférais rien, alors j'ai juste cloué des draps au-dessus des fenêtres pour protéger les voisins, pour pas qu'ils me voient tout le temps toute nue. Je suis allée chez Emmaüs, j'ai déniché une grande table en bois rustique, de toute façon c'était la seule et j'avais besoin d'une table, et puis elle ressemblait à la table qu'il y avait chez ma grand-mère, j'avais ma place réservée à côté d'elle, sur un tabouret surélevé, je n'aurais laissé personne d'autre s'y asseoir, c'était ma place, c'était le bon rituel, la bonne habitude. J'ai pris aussi un matelas qui semblait n'avoir jamais servi. Et puis chez Darty j'ai laissé le mec m'embobiner, me vendre un immense frigo pour une immense famille, après tout, peut-être qu'un jour ça va m'arriver, une immense famille et plein d'habitudes. Et chez Ikea enfin, je suis tombée sur un vendeur drôlement mignon qui m'a intimidée, ce qui fait que j'ai encore plus perdu mes moyens : j'ai commencé par lui expliquer que j'étais daltonienne, qu'il fallait qu'il choisisse pour moi, et puis j'ai changé d'avis, j'ai pris un hamac, une mappemonde gonflable et un siège à bascule, très vite, sans hésiter, comme si je savais exactement ce que je voulais.

C'est un capharnaüm, chez toi, m'a dit mon père, la semaine d'après, quand il est venu pour la première fois. Ça m'a mortifiée et je suis allée chercher dans le dictionnaire pour comprendre ce qu'il avait voulu dire. De bric et de broc, le dico dit. Bon. J'aime bien, moi, cet assemblage de mots, bric et broc, c'est comme les noms de deux copains, ou deux jumeaux, bric et broc Pince-mi Pince-moi Chapi Chapo, et j'ai pardonné à papa. Je l'ai laissé m'offrir un ancien canapé qui me rappelait le temps où je vivais chez lui. C'était le canapé sur lequel il était étendu quand il m'engueulait parce que j'avais eu de mauvaises notes en latin, ou parce que je séchais les cours. Il était sur ce canapé, un feutre à la main, quand il m'a demandé et ton bulletin du deuxième trimestre, pourquoi je n'ai pas reçu ton bulletin du deuxième trimestre ? Il l'avait reçu, en fait, mais je l'avais intercepté, j'avais essayé de maquiller les notes, mais ça se voyait trop, alors je lui ai dit, ce jour-là, qu'il n'y avait pas eu de deuxième trimestre. Quoi ? Qu'est-ce que c'est que cette salade ? C'est pas une salade, c'est vrai, cette année tu vois, ils ont supprimé le deuxième trimestre, c'est une décision du conseiller d'orientation, c'est expérimental. Comment il s'appelle ton conseiller d'orientation ? Heu, je sais pas, j'ai jamais eu directement affaire à lui. Eh bien renseigne-toi, j'aimerais beaucoup qu'il m'explique ça, moi, ce monsieur, prends-moi un rendez-vous. Oui papa. Je suis sortie du bureau, les larmes aux yeux, cette histoire de bulletin c'était pour pas le décevoir, mes notes étaient vraiment médiocres, 0,5 de moyenne en latin, 3 en histoire, 2 en maths, et puis les commentaires des profs, trop dilettante, si elle se donnait la peine de venir en cours, le refus d'apprendre empêche l'exercice de l'intelligence, ça l'aurait dévasté, je ne voulais pas le dévaster, je suis sortie de son bureau, le feutre qu'il avait laissé tomber sur le canapé baignait dans une petite flaque d'encre verte qui est toujours là, aujourd'hui, elle me rappelle mon adolescence, c'était pas si mal l'adolescence.

Et puis il y a eu l'histoire du lit. Mais où il est passé ton lit, il m'a demandé, le jour où on nous a donné les clés, t'avais bien un lit avant ? Je l'ai donné. Donné ? Pourquoi ? À qui ? À la femme de ménage, parce que c'était le lit conjugal, et puis le reste aussi, tout le reste était conjugal alors j'ai donné tout le reste, n'empêche que toi aussi quand tu avais mon âge tu faisais des choses comme ça, l'appartement de la rue Monge par exemple, celui où je suis née, que tu as vendu en dix minutes à l'agence du rez-de-chaussée, pour avoir de quoi aller aux sports d'hiver avec maman. Non, ça c'est pas vrai, j'ai pas osé le lui dire, je l'ai juste pensé, mais quel culot quand même de m'engueuler, lui, pour un lit. Non d'ailleurs, ça non plus c'est pas vrai, il ne m'a pas vraiment engueulée, je n'ai plus l'âge d'être engueulée, il pense sans doute que c'est plus la peine, il ne pourra plus me changer, c'est trop tard, le pli est pris, le mauvais pli. Ça m'a fait un peu de peine, la première fois que j'ai compris ça, parce qu'avant, il m'engueulait puis il me consolait, et c'était bon, d'être consolée, c'était l'enfance, les enfants ne choisissent pas, on choisit pour eux, les enfants ne sont pas quittés, pas trompés, pas abandonnés, juste grondés.

Enfin si, maman m'a quittée quand j'avais quatre ans, elle m'a emmenée au Twickenham, là où papa donnait ses rendez-vous, avec ma grosse valise marron, mon miniperfecto et la sacoche en plastique qu'ils donnent dans les avions aux enfants qui voyagent seuls et dont je ne voulais jamais me séparer, même pour dormir, mais, nuance, énorme nuance, elle ne m'a pas quittée pour quelqu'un d'autre, pour un autre enfant qu'elle m'aurait préféré, elle m'a quittée pour mon bien, pour mon bonheur et parce qu'un jour elle reviendrait. Adrien m'a quittée pour une autre. Adrien ne reviendra pas. C'est ça, être adulte. Être adulte, c'est être remplacée.

Pablo, je l'ai rencontré sur un bateau. C'est un piège, je me suis dit, quand un garçon qui me plaisait et qui n'était pas encore Pablo est venu me chercher en me disant il y a une fête sur un bateau, viens, j'ai un Zodiac, je t'emmène. À mesure que le Zodiac approchait, je me disais comment je vais faire pour m'enfuir, comment on s'enfuit quand on est enfermé en plein milieu de la mer, et j'étais pétrifiée. J'aurais tellement aimé avoir l'air insolent, sûr de moi ! J'aurais tellement voulu ressembler à ces ex-enfants heureux et beaux que j'enviais, gamine, parce qu'ils n'ont pas de soucis et beaucoup d'amis, le jour de leur anniversaire leurs mères organisent des goûters où toute la classe est invitée, et même la maîtresse parfois, et les cousines, les cousins, et il y a des jouets, des gâteaux, des ballons, des photos encadrées de leurs parents le jour de leur mariage, dans le salon tout est à sa place, le canapé, la table basse, les bibelots, les tableaux. Mon enfance n'a pas été celle-là. J'ai eu la tendresse et l'amour sans lesquels les enfants ne grandissent pas. Mais je n'ai pas de cousins, et je n'ai pas l'air insolent.

Les gens étaient gentils sur le bateau. Il y a eu des présentations, des bonjours, j'avais enlevé mes lentilles par timidité et il n'y avait que des silhouettes bronzées, zébrées de blanc, le blanc de leurs dents, de leurs rires et du ciel, un blanc à crever les yeux. C'était l'heure du déjeuner. Tout le monde était assis autour d'une table. Ça me gênait trop, de m'installer comme ça, avec eux, si près, prise entre l'eau et le ciel, piégée entre eux, l'eau et le ciel, à devoir manger, parler, pour dire quoi, répondre comment, rougir, essayer d'atténuer le rougissement en me pinçant le lobe de l'oreille, ne pas savoir quoi faire de mes mains de mes jambes de mes cheveux de moi, empêtrée de moi. J'ai dit j'ai pas faim merci, et je suis restée toute seule sur le matelas, à l'arrière, à fumer des cigarettes.

J'avais pris un livre, *Je suis un chat*, à cause du titre mais c'était illisible et je me trouvais ridicule d'avoir si peur et de lire ça. Peur de quoi, on se demande. Il me plaisait, d'accord, le garçon qui n'était pas encore Pablo et qui était venu me chercher en Zodiac, mais pas tellement non plus, pas au point d'avoir si peur. Je les entendais rire, là-bas. Ils devaient la trouver bizarre, cette invitée qui, sous prétexte qu'elle n'a pas faim, ne veut même pas s'asseoir à table. J'ai voulu enlever mon jean, mais j'avais oublié mon maillot de bain, c'était idiot, ça m'a fait rire toute seule, de sorte qu'on riait en même temps, eux en haut, moi en bas, tant mieux, c'était un début, c'était presque rire ensemble et ça m'a rassurée.

Les invités, après le déjeuner, sont venus à l'arrière où ils ont chacun repris leur place. Ça m'a toujours sidérée cette façon qu'ont les gens de trouver partout, tout de suite, leur place, comme si elle n'attendait qu'eux et que c'était la chose la plus évidente du monde. Moi, je ne sais jamais où est ma place. Là, par chance, j'avais réussi à ne prendre celle de personne sur le grand matelas qui couvrait le pont arrière et ils se sont posés autour de moi. Quelqu'un a mis un disque, une chanson qui disait je suiiis un bébé éléphant égaréée. Une longue fille tout en jambes m'a prêté un maillot de bain bleu, j'ai failli lui raconter que j'avais perdu ma valise à l'aéroport et que c'est pour ça que patati patata, mais elle ne semblait pas attendre d'explication, il y avait du vent, du soleil et de l'eau, il y avait un garçon qui me plaisait, j'étais presque bien finalement, à tout le monde autour de moi et dans le vide je faisais des sourires, des petits sourires qui voulaient dire je suis une gentille, je n'ai plus tellement peur, ne vous occupez pas de moi, je ne vais piquer le fiancé de personne, les voix mettaient du temps à me parvenir, peut-être à cause du vent, ou de ma myopie, j'entends toujours moins bien quand je ne vois rien, j'écoutais mais ce que j'entendais ne voulait rien dire, et puis les voix se sont fondues entre elles, j'ai avalé en douce quelques cachets de Xanax et elles sont devenues un bourdonnement, puis une comptine, la comptine douce et gaie que me chantait ma grand-mère le matin quand je me brossais les dents, vive l'eau, vive l'eau, qui nous lave et nous rend propres, vive l'eau, vive l'eau, qui nous lave et nous rend beaux, je souriais béatement et béatement je me suis endormie, un bras replié sur mon visage, je n'avais plus envie de m'enfuir.

Quand je me suis réveillée, tout le monde dormait autour de moi, abandonnés comme des bébés. C'était une sieste, cette fête. Ou une grande nursery. Je suis descendue chercher de l'ombre et de l'aspirine, et mettre mes lentilles, finalement. Dans la cabine dormait le garçon qui me plaisait, mais à peine, tranquillement, parce que je savais que je ne l'aimerais jamais et qu'il y avait ce vide en moi qui m'empêcherait d'aimer jamais quelqu'un comme j'avais aimé Adrien. Il me plaisait comme un fruit ou une chanson, comme moi aussi, je crois, je lui plaisais.

En fait, non, il ne dormait pas. Les yeux ouverts et fixés sur moi, il s'est redressé, il m'a dit quelque chose que je n'ai pas compris, quoi ? il a répété, je n'ai toujours pas compris, mais je n'ai pas osé insister et suis entrée dans la petite cabine de bains. Tout à coup, j'ai senti ses bras autour de moi. Il m'a tourné la tête vers lui et m'a embrassée, comme ça, comme si c'était la seule chose à faire, comme si ça allait de soi. Alors je me suis retournée tout à fait et j'ai posé mes mains sur ses tempes, là où le sang bat plus fort, et moi aussi je l'ai embrassé. Il était salé, je n'avais jamais embrassé quelqu'un d'aussi salé, je me suis souvenue de la peau d'Adrien, à Brindisi, il faisait si chaud qu'on ne sortait jamais de l'hôtel avant le soir, on restait allongés sous le ventilateur, face à face, volets fermés, il me disait viens, viens, en ouvrant les bras, j'étais heureuse, sa peau aussi était salée, ce n'était pas le sel de la mer, c'était le sel de la sueur sur sa peau d'enfant encore, on n'avait pas vingt ans, on s'aimait mais on ne savait pas ce que cela voulait dire, on ne savait pas que ça voulait dire qu'on allait souffrir, qu'on allait pleurer et se battre et se faire du mal et avoir envie de mourir, on avait vu les autres mais on n'était pas les autres, on était un miracle, on allait gagner là où Ariane et Solal avaient échoué, on vivait dans l'instant, on ne se posait pas de questions, on ne savait pas qu'un jour l'amour deviendrait un souvenir qui tord le cœur.

J'ai effacé Adrien et je l'ai embrassé encore, le garçon salé, la barbe, la bouche, le nez, les cheveux, tout le visage, j'étais contente, vorace et contente, et puis voilà que la fille qui m'avait prêté son maillot de bain est entrée dans la cabine et elle, elle n'a pas eu l'air du tout, du tout contente. Elle nous a regardés sans rien dire, d'abord lui, puis moi, puis lui, elle était belle, quelque chose de démodé dans le visage, et de flou, mais c'était sans doute mes lentilles, et elle est sortie. Son regard à lui n'a rien montré. Sauf, peut-être, une légère fatigue. J'ai dit qu'est-ce qu'elle a ? Il a pris un air surpris et il a, sans me répondre, rapproché son visage du mien. J'ai dit non, je ne t'embrasse plus. Tu ne m'embrasses plus ? Non. Je suis sortie. J'ai rejoint la fille. Elle était assise sur un coussin, ses longues jambes repliées sous les bras, comme si elle avait voulu les prendre à son cou et y avait renoncé, on voyait qu'elle venait de pleurer, elle fixait mes seins, ah non, idiote, elle fixait son maillot de bain sur mes seins et je me suis sentie déguisée en salope. J'ai eu envie de lui dire je ne savais pas, ne t'inquiète pas, c'était juste un baiser c'est rien du tout un baiser mais je n'ai pas eu la force de lui mentir : j'en avais embrassé combien des garçons dans ma vie ? cinq, oui cinq, enfin six maintenant, alors c'était pas vrai, c'était pas du tout rien du tout un baiser, donc j'ai rien dit, j'ai senti la fatigue me retomber dessus, j'ai eu mal au cœur et j'ai plus eu de courage pour rien. Tu as une cigarette ? elle m'a dit. J'ai dit elles sont là-haut, viens. Et on est remontées toutes les deux sur le pont.

La sieste était terminée. Tout le monde dansait sur une chanson bizarre, indansable moi je trouvais, une chanson qui parlait de Bruxelles et qui me faisait tanguer, ou peut-être que c'était juste le bateau, en tout cas tout le monde dansait, à contretemps, sans se toucher ni se parler, mais on voyait bien qu'ils étaient ensemble, comme une famille, comme des amis, comme tout ce que je n'avais plus et qui me manquait quand j'y pensais mais heureusement je n'y pensais pas toujours, en fait je crois que je ne pense depuis deux ans qu'à ne pas penser à ça, ils ne dansaient pas très bien, et pas très en rythme, mais ils dansaient sur le même tempo décalé et moi je les regardais, ou plutôt je regardais leurs jambes pour ne pas croiser leurs regards, pour ne pas que l'un d'entre eux croise le mien et me dise viens, pourquoi tu ne viens pas, j'aurais répondu non merci, je suis fatiguée, comme tout à l'heure non merci j'ai pas faim.

Je ne souriais plus. Je me demandais quand j'allais rentrer. Je me disais que, dans ma chambre, à mon hôtel, je danserais toute seule, juste pour moi, et que l'envie comme ça me reviendrait. Je me disais que je mettrais une autre musique, une musique qui me plairait, qu'est-ce qui me plaît, qu'est-ce que j'aime, mes disques c'étaient ceux d'Adrien et je les ai cassés en deux, tous, c'était difficile, c'était solide, mais je les ai cassés, méthodiquement, calmement, Prince, les Stones, Cat Stevens, les Red Hot Chili Peppers, les disques sur lesquels on fumait de l'herbe, la musique de *Rocky* qu'il mettait le matin pour faire des pompes, j'aimais bien Rocky mais je préférais Jeanne Moreau, est-ce qu'on danse sur Jeanne Moreau ? De toute façon, ça change rien, Adrien disait que je ne pouvais pas passer toute nue devant un miroir sans rougir jusqu'aux oreilles, alors toute seule ou pas toute seule, qu'est-ce que ça change finalement ?

Les ombres s'allongeaient, tout le monde dansait, et moi je me suis tortillée dans tous les sens pour remettre mon jean sans me lever. En me tortillant je me suis souvenue comme c'était bien quand ma grand-mère m'obligeait à sortir, allez, va danser va t'amuser, et je ravalais mes larmes, et je ramassais tout mon petit courage, et je sortais et j'étais contente, bien sûr, à la fin. Un type, tout en ventre, avec un marcel comme un poncho, est venu s'asseoir à côté de moi, il m'a lancé un regard si malin et si noir que j'ai bien cru que j'allais fondre en larmes, là, devant tout le monde, devant le soleil couchant, sur ce bateau coincé au milieu de la nada, et il m'a dit pourquoi tu regardes jamais les gens dans les yeux ? Ils se sont mis à me piquer fort, mes yeux. Une goutte pas très sexy s'est mise à pendre au bout de mon nez, que je me suis essuyé avec le plat de la main. Qu'est-ce qu'il me veut, ce type, avec son regard perçant ? J'ai rougi, toussé, transpiré, va-t'en j'ai pensé, fous le camp, mais il s'en allait pas, il me tendait un Kleenex avec un regard torve. C'est mes lentilles je lui ai dit en essayant de le fixer droit dans les yeux mais ça m'a fait larmoyer encore plus. Hein ? Mes lentilles, c'est à cause de mes lentilles. Il va comprendre je me disais, avec un regard aussi perçant il va forcément comprendre que c'est à cause de mes lentilles que je ne regarde pas les gens dans les yeux mais vers les yeux et que si j'ai envie de pleurer, c'est à cause du sel, du sable, du soleil et de toute ma vie aussi. Il m'a prise dans ses bras, à ce moment-là. Il avait l'âge de mon père et je me suis laissé faire et bercer, je me suis blottie, j'avais envie que quelqu'un soit gentil, juste gentil, faut pas avoir peur il me disait, personne te veut du mal, faut regarder les gens dans les yeux, eye contact, tu saisis, eye contact. Il s'est mis à me caresser le bras, j'ai laissé faire, il m'impressionnait, et puis la nuque, et puis le ventre, arrête j'ai dit, et puis le dos, arrête, et puis les seins, chut, chut, eye contact, et là je l'ai repoussé de toutes mes forces, et il est allé s'écraser contre la balustrade avec un bruit mou. C'est à ce moment-là que Pablo est arrivé, qu'est-ce qui se passe qu'est-ce qui se passe, et il s'est mis à me parler.

Il me parlait, mais je ne l'écoutais pas, je pensais encore au type au poncho, et puis je regardais sans bien les voir sa bouche dure, ses lèvres aux commissures tombantes, ses yeux larges et très écartés, d'un bleu clair, transparent, voilà quelqu'un qui voit des choses intelligentes et rares, je me disais, mais il ne m'intimidait pas trop, bizarrement. Qu'est-ce qu'il te voulait ce type ? Rien, je sais pas, rien, j'ai balbutié en regardant ses sourcils pour ne plus voir ses yeux et ne pas risquer de rougir. Il parlait il parlait, je me demandais si lui aussi allait m'embrasser, mais comme il parlait j'étais tranquille, tant qu'il parlait je ne risquais rien, il avait le soleil en face et il cillait à peine, je ne sais pas de quoi il me parlait, il était très véhément. Je me disais je vais rentrer à Paris, je vais quitter mon petit ami du moment : on est peut-être bien toute seule dans le fond, qu'est-ce que j'en sais, j'ai jamais été seule, depuis Adrien je n'ai jamais dormi seule, toujours quelqu'un à la place du mort, depuis qu'Adrien est parti, il y a eu cinq baisers et trois amants, je crois. Je les ai laissés me choisir, venir vers moi et essayer de me plaire, et parfois croire qu'ils me plaisaient, le temps que le suivant pousse le précédent. Je n'attendais rien, je n'espérais rien, je ne décidais de rien, je n'étais ni bien ni mal, c'était comme les appartements : pourquoi celui-là plutôt qu'un autre, je me disais on verra bien. Mais peut-être qu'on est mieux toute seule ? Oui, on peut dormir en travers du lit, manger des biscottes toute la nuit, écouter la même chanson en boucle cent fois de suite, mais alors plus de caresses, plus de câlins, non, on n'est sûrement pas mieux, étendre le bras dans le grand lit et ne trouver personne, même pas quelqu'un qui m'énerve, même pas quelqu'un qui me dégoûte, personne, non, ce n'est sûrement pas mieux, moi j'ai besoin qu'on s'occupe de moi, qu'on m'aime ou qu'on me dégoûte ou qu'on m'énerve ou qu'on me fasse rire, mais aussi qu'on me laisse tranquille, de quoi j'ai plus besoin, qu'on s'occupe de moi ou qu'on me laisse tranquille ?

Je l'ai interrompu. Il était en train de mimer quelque chose, ou d'imiter quelqu'un. Il s'était levé et faisait de grands moulinets avec les bras. Comment tu t'appelles ? Il s'est arrêté, il s'est assis à côté de moi sur la balustrade. Pablo. Et toi ? Louise. Il a souri, j'ai adoré son sourire, des canines très pointues et les dents de devant longues et crayeuses, elles me plaisaient drôlement, ses dents, j'ai eu envie de le lui dire mais il aurait peut-être trouvé ça bizarre, j'ai bien fait car, six mois après, quand je lui ai dit que ce que je préférais chez lui c'étaient ses dents, il a failli me quitter. Alors j'ai juste dit je crois bien que tu me plais. Il a avalé sa salive, il a regardé à droite et à gauche et, comme il avançait la tête vers moi, j'ai dit non non je ne veux pas t'embrasser. Mais, tu viens de... Oui, mais je ne veux pas t'embrasser. Ah bon. Il a regardé encore une fois à droite et à gauche, et le soleil qui ne le faisait toujours pas ciller. Adrien ça le faisait éternuer. Lui, rien, il a juste haussé les épaules. Et puis le bateau s'est arrêté, étirement général, bâillement collectif, cafouillage de recherches de chaussures, personne a vu mon paréo, où est passé mon soutien-gorge : c'est vrai qu'on est restés, nous, assis sur la balustrade, les jambes ballantes, à se regarder ; c'est vrai qu'il me plaisait, pas que ses dents, mais quelque chose au fond des yeux, une capacité d'emballement et d'éblouissement que je devinais, un allant, un élan, quelque chose d'intact et d'enfantin, non pas vraiment d'enfantin je hais les hommes-enfants, quelque chose de dru, de net, de direct, de vivant enfin. Autour de nous, les gens s'agitaient toujours, Pablo ne souriait plus. Un type avec une moustache en brosse est venu lui taper sur l'épaule et lui dire miaou miaou à l'oreille en rigolant, pourtant j'avais jeté mon livre par-dessus bord mais il l'avait peut-être vu quand même, Pablo l'a fusillé du regard, le type s'est éloigné, il rigolait encore, et moi j'ai rougi violemment.

T'as un coup de soleil, il m'a dit,

oui,

ce soir on reste ensemble,

je ne sais pas,

on va dîner et danser à l'Indio Malo et après il y a une fête et après,

après tu me raccompagnes,

non après tu dors à la maison c'est une grande maison, il y a plein de chambres,

non, après tu me raccompagnes.

mais la fête va durer tard, peut-être toute la nuit, et je ne serai pas en état de conduire, de te ramener en scooter à l'autre bout de l'île, soûl comme un cochon.

comme un cochon ?

comme un cochon.

les cochons sont forcés de se soûler ?

bon, écoute, j'ai pas envie de te raccompagner, j'ai envie que tu restes avec moi.

Allez allez quelqu'un a crié, une première fournée pour le Zodiac !

On est montés dans le Zodiac, nos chaussures à la main, la fille tout en jambes et le garçon qui ne me plaisait plus se tenant de nouveau par la main, et Pablo qui me plaisait de plus en plus, et puis d'autres encore, on était très serrés, tassés les uns sur les autres, une autre fille au visage aigu, les yeux étirés vers les tempes et l'air roué d'une enfant vieillie s'est assise sur mes genoux, quelqu'un imitait Mitterrand mangeant des ortolans avec une serviette de plage sur la tête, un autre s'est mis tout nu et a manqué nous faire chavirer et, en accostant sur la plage, on s'est fait attaquer par un nuage de moustiques qui devait sûrement nous attendre. Je ne flottais plus. J'étais dans la même nasse que tout le monde, avec eux dans les rires, avec eux sous les moustiques. Pablo m'a pris le bras pour aller plus vite à l'abri. Je me suis aperçue qu'avec lui je courais plus vite. Après, quand on s'est embrassés, pour la première fois je n'ai pas pensé à Adrien, je n'ai pensé à personne, j'ai pensé que j'étais bien. Et puis très vite on a ri, quand on s'est retrouvés dans la grande maison, emmêlés dans la moustiquaire, et qu'elle s'est décrochée, et qu'avant de la déchirer pour s'en dépêtrer on s'est encore embrassés et encore plus emmêlés.

Je suis rentrée à Paris, seule, deux jours avant lui. Il ne m'a pas manqué. Je n'ai pas pensé à lui. Pablo n'avait jamais existé, ni ses dents crayeuses, ni son rire, ni ses yeux qui regardent le soleil en face sans éternuer, ni la moustiquaire, tout ça n'avait pas existé, Pablo lui-même n'existait pas, je ne pensais pas à lui. Je ne pensais pas à grand-chose, en fait. J'étais dans cet état bizarre que je connais si bien et où je suis encore de temps en temps. Louise tu m'écoutes ? Oui, j'écoute. Mais en fait, non, je n'écoute pas, ni le vacarme dehors ni le vacarme dedans, je fume des cigarettes, j'avale des pilules de Xanax comme des bonbons, c'est magique, ça enferme, il n'y a plus que du calme, du ouaté, et puis aussi ce poids dans le ventre, ce poids léger, mais qui me donne envie de rester sans rien faire, de ne pas bouger. Il ne me manquait pas, Pablo. Ses dents, son rire, ses yeux, non non, c'est comme si je les avais déjà oubliés. Alors c'était comment Formentera, Louise ? Pas mal, c'était pas mal. Il a fait beau ? Oui très beau, j'avais un seul disque, de Barbara, ça tombe bien, j'adore Barbara, il ne me manque pas.

Et en même temps je n'ai pas été tellement étonnée non plus le jour où il m'a rappelée. Je sortais avec un de ces garçons que je ne choisissais pas, il ne me déplaisait pas mais ne me plaisait pas non plus, enfin ça dépendait, de toute façon je le traitais mal, il s'appelait Gabriel. Quand il était gentil, et il l'était souvent, je lui disais je t'aime bien mais je ne t'aime pas, pas la peine d'espérer, rien à tirer de moi, même si un jour je guéris ce n'est pas toi que j'aimerai. Il répondait, avec des larmes au coin des yeux, des petites larmes que je lui enviais et qui me dégoûtaient, il répondait c'est pas grave, moi je t'aime, c'est important d'être aimée, c'est un cadeau que je te fais, je ne veux rien en échange. Je ne discutais pas, il avait peut-être raison, mais je m'en fichais. Parfois je songeais à le quitter, mais pour quoi faire ? Pour quelqu'un d'autre avec qui ce serait pareil ? J'aurais pu, au lieu de lui, tomber sur un salaud ou un dingo, la grande terreur de maman quand j'étais ado, je ne tombais sur personne, je n'avais pas de seins, je portais des lunettes et une frange, et maman me voyait tombant sur un salaud ou un dingo, peut-être que c'est ce qu'elle espérait dans le fond, peut-être qu'elle se disait ma pauvre petite Louise, est-ce que c'est pas mieux que rien un salaud ?

Un soir, juste avant Pablo, je suis vraiment tombée sur un salaud. C'était un garçon gros mais leste qui me suivait depuis le supermarché, cinq cents mètres à peu près. Je sortais de chez le psychanalyste, c'était ma deuxième et dernière séance, il m'avait dit quelque chose du style ce qui vous énerve (j'étais très énervée) c'est que votre mère ait couché avec votre père, et j'avais trouvé ça tellement violent que je m'étais sauvée, alors en plus ce type qui me suivait ! Je m'arrête au milieu de la rue, je dis quoi ? qu'est-ce qu'il y a ? et le type de minauder, comme une fille grassouillette et timide, heu, je voulais juste vous inviter à prendre un petit café... Radoucie mais toujours énervée, et quand même vaguement flattée, ça me rassure toujours, gourde comme je suis, d'être suivie dans la rue et draguée, je me dis les choses ont changé, j'ai changé, je ne suis plus cette enfant malingre et terne que les hommes regardent sans la voir, je réponds non merci c'est gentil j'aime pas le café. Le type, à ce moment-là, se transforme. Il n'est plus timide du tout. Mais qu'est-ce qui te fait dire que je suis gentil, salope ? Je ne suis pas gentil ! Je traverse la rue, il traverse aussi. J'accélère, il vient à ma hauteur. Quel sourire ignoble, je me dis. C'est la seule chose que je trouverai à dire aux flics, après, quand je porterai plainte. Je ne me rappellerai ni comment il était habillé, ni la couleur de ses cheveux ou de ses yeux, je ne leur dirai que : il avait un sourire ignoble, il avait les dents de la chance. Allez, un p'tit café, il susurre en se radoucissant un peu mais avec un air aussi obscène que s'il avait dit allez, une p'tite pipe, et en me donnant, en plus, une tape sur les fesses. Je le regarde. Je le gifle. Et lui, alors, se rue sur moi et me donne un coup de poing en plein visage.

Je n'ai pas mal tout de suite. Je ne comprends pas bien ce qui m'arrive. Je suis juste par terre, j'ai du sang dans la bouche et dans les yeux, je pense à mes lentilles, merde mes lentilles, sans mes lentilles je ne vais jamais pouvoir me relever et me sauver, et je sens une masse énorme qui s'abat sur moi. C'est l'Arabe-dit-du-coin qui m'a ramenée à la maison. Et, le nez collé au miroir pour évaluer les dégâts, j'ai donné quatre pauvres coups de fil. L'opticien, pour commander des nouvelles lentilles dare-dare. Adrien, ça devait être un réflexe, mais je suis tombée sur son répondeur et une grande envie de pleurer m'est venue en raccrochant, une envie de pleurer comme ça faisait longtemps. Gabriel (je me suis fait agreeesseeeeer !). Et puis papa, évidemment, qui s'est inquiété bien comme il faut et qui a calmé le chagrin de sa grande petite pleurnicheuse avant de lancer son plan alerte rouge pour retrouver l'immonde, faire surveiller le quartier et me coller des gros bras que j'ai fini par supplier de me laisser tranquille, je vous en prie, messieurs, arrêtez de me suivre partout vous aussi, partez partez, on va s'arranger, je dirai rien à mon père, de toute façon il est pas là, il est au bout du monde, il a dû oublier qu'il vous avait embauchés.

Bref, voilà que Pablo arrive et, avec Pablo, je me dis que ce ne sera peut-être plus tout à fait comme avant. Bien sûr, je ne l'aime pas. Je me dis que je ne l'aimerai jamais, quoi qu'il fasse, quoi qu'il dise, parce que l'amour est atroce, parce que l'amour cesse toujours un jour et que je ne veux plus vivre, jamais, la mort de l'amour. Je ne suis pas assez solide, je me dis, pas assez courageuse, pas assez suicidaire. Je déteste l'amour, je me répète, Adrien m'a définitivement guérie de l'amour. L'amour est toujours moche, grotesque, pitoyable, pouah, comment est-ce qu'ils peuvent tous répéter que *Belle du Seigneur* est un grand roman d'amour alors que c'est juste le contraire, et que ça montre combien l'amour est affreux ? Mais enfin il arrive, Pablo. Il débarque dans ma vie de petit monstre énervé, et c'est vrai qu'il me plaît. Il me plaît plus qu'un jean, plus qu'une chanson, plus que je ne veux l'admettre, il me plaît malgré le verrouillage à double tour et c'est, quand même, le risque de l'amour. Est-ce que j'ai envie de le prendre, ce risque ? Est-ce que ça vaut la peine de laisser derrière moi cette vie sans choix, où je n'ai à décider de rien, comme un enfant, sauf qu'un enfant a des désirs, des caprices, des angoisses, et que moi je ne ressens rien, je me laisse porter, bercer, caresser, Gabriel veille à ce que je mange, à ce que je dorme, à ce que je m'amuse un peu, c'est confortable, c'est idiot, c'est une vie presque fœtale, j'ai des tout petits plaisirs et des chagrins infimes, je pleurniche pour un stylo cassé et je jouis d'un bout de pain trempé de thé, avant ça m'aurait fait hurler, avant je n'aurais eu que mépris pour ce genre d'existence, papa m'a appris à me battre, papa, depuis que j'ai douze ans, m'a toujours dit ne mets jamais l'amour au poste de commande, ne dépends jamais d'un homme, ne dépends jamais de personne, sinon c'est le malheur, comme X, comme Y, comme Z.

« Tu trouves que je lui ressemble à X ? Et à Y ? Et à Z ?

– Non, mon petit cœur, bien sûr que non, mais il faut faire attention, il faut que tu te blindes.

– Comment on fait, papa, pour se blinder ?

– Il faut être moins gentille ; c'est bien d'être

gentil mais tu es si fragile, il faut l'être un peu moins. Et lire. Trois livres par semaine.

– Mais je le fais, ça, papa !

– Je sais, je sais, c'est bien. Mais il faut que tu aies ton bac et, pour avoir ton bac, il faut lire encore plus, faire des fiches de lecture avant de s'endormir, ne pas trop rêver aux garçons.

– Bien, papa. Mais le bac j'ai le temps quand même, c'est dans cinq ans...

– Cinq ans, ça commence maintenant. Après, il sera trop tard.

– D'accord.

– Tu dis d'accord mais tu penses ah il m'embête !

– Non non je ne pense pas ça, tu ne m'embêtes jamais tu sais bien. »

Est-ce qu'il est temps, encore, de se blinder ? Est-ce que je pourrai aller jamais sans béquille, sans Xanax, les yeux grands ouverts, la vie en face ? Même si je suis myope ? Même si, sans mes lentilles, c'est le brouillard ? Même si, quand je me cache derrière ma myopie, j'ai l'impression que les gens me voient comme moi je les vois, flous, sans contour, et que, dans le fond, ça m'arrange bien ? C'est difficile, le monde dans la gueule. C'est difficile, de bien voir, de bien entendre, de tout sentir, sans filtre. Est-ce que je pourrais vivre sans mes lentilles ? Est-ce que c'est pas elles qui me protègent ? Est-ce que je reverrai jamais le temps d'avant, le temps où je n'avais pas peur, où rien n'était si grave, où personne ne mourait, où le cancer n'arrivait que chez les écrivains, où Adrien était l'homme de ma vie, où papa arrangeait toujours tout ?

C'est tout ça que je me demande le jour où Pablo me rappelle. Allô, il dit, allô ? Et moi, très vite, le cœur battant, je revois la moustiquaire, je réentends les rires dans la nuit, je revois le moment béni sur le bateau, et j'ai peur, oh si peur, et je me dis que je ne vais pas savoir quoi lui répondre. Allô ? je répète. Allô ? j'entends pas. Et je raccroche aussi sec et vais faire admirer mon bronzage à Gabriel qui est en train de lire *Si c'est un homme*, allongé tout nu sur mon lit. Regarde, j'ai les marques de mon maillot de bain, tu vois, même le soleil n'a pas le droit de voir mes seins mes fesses. C'était qui, il me demande. Mon père, c'était mon père. Il ne sait toujours pas, pour nous ? Il connaît ton existence, bien sûr, mais je lui ai dit que tu étais pédé. Et il t'a crue ? Bien sûr, il me croit toujours. Bon, alors tout va bien ? Oui, tout va bien. Louise ? Oui ? Je t'ai acheté du bon pain comme tu l'aimes, regarde. C'est sympa mais c'est pas celui-là que j'aime, il est infect, il est brioché. Je suis désolé, bébé, je te demande pardon. Écoute, je t'ai déjà dit mille fois que je ne suis pas ton bébé. Tu n'es pas très gentille. Mais si, je suis gentille, caresse-moi le dos, non, le dos, j'ai dit le dos, bon, arrête tu me chatouilles, lis-moi plutôt quelque chose, j'ai pas mes lentilles. Une heure passe comme ça, quelqu'un sonne à la porte, et c'est moi qui vais ouvrir avec juste une grande serviette nouée au-dessus des seins : c'est Pablo.

« Heu, il y a Gabriel, je grimace, outrée qu'il soit venu comme ça, sidérée qu'il ait trouvé mon adresse, un peu flattée aussi et, au fond, pas complètement surprise non plus.

Bon alors qu'est-ce qu'on fait ? il demande en essayant, avec son pied, d'ouvrir un peu plus grand la porte.

Je... je ne sais pas !

Eh bien moi je sais.

Ah ?

C'est lui ou moi.

Bon.

Lui ou moi ?

Je ne sais pas.

Tu sauras quand ?

Demain.

Pourquoi demain ?

Parce que.

Qu'est-ce qui va se passer d'ici demain ?

Rien...

Ben alors ?

Alors d'accord.

Quoi d'accord ?

D'accord c'est toi.

C'est moi ?

C'est toi. »

C'est qui ? crie Gabriel de la chambre et Pablo m'attire vers lui, m'embrasse dans le cou, puis me chuchote, en me prenant la main qui, en principe retient ma serviette et qui, du coup, la laisse tomber, qu'il m'attendra dans un bistrot, tout près, mais pas toute la nuit non plus.

Je retourne dans la chambre, les joues sûrement toutes rouges et râpées, en plus, par la barbe de Pablo. Gabriel me regarde, mi-furieux mi-soupçonneux. Tu vas encore me dire que c'était ton père ? J'attrape la plaquette de Xanax posée sur ma table de nuit, j'avale un comprimé, puis deux, bon d'accord, je lui dis en lui jetant mon plus mauvais regard, j'ai rencontré quelqu'un. Hein ? qui ? où ? J'ai rencontré quelqu'un, je te dis, quelqu'un d'autre que toi, tu comprends pas ce que ça veut dire ! Et lui alors, son Primo Levi toujours dans la main, ses longs cils que j'aimais bien mordiller quand j'étais d'humeur sympathique clignant frénétiquement, me lance un regard d'incrédulité suppliante qui me dégoûte. Ça va pas avec son allure de cow-boy, cette émotivité, cette gentillesse. C'est exactement ce que j'ai plus envie de voir, ce côté sensible et désespéré. C'est quelqu'un que je connais ? il demande d'une voix blanche, toujours allongé, toujours nu. Oh là là, ça va prendre des heures, je me dis, ça non plus j'en ai pas envie, j'ai pas envie de donner d'explication, j'ai pas envie de vivre ce moment d'intensité pathétique et pleureuse, ou alors que ça ait déjà eu lieu, fini, terminé, qu'il déguerpisse, ouste, et ne plus jamais entendre parler de lui. Non, je crie en filant dans la salle de bains, bien sûr que non, tu ne le connais pas, pourquoi tu veux toujours connaître tout le monde ? Je me mets sous la douche, le Xanax commence à faire de l'effet, j'ai envie de rire, un rire bête comme quand on a fumé. Quoi, t'es encore là ? je dis en revenant dans la chambre, toute nue moi aussi, sans aucune pudeur tout à coup, c'est comme s'il n'existait déjà plus. Je lui jette son pantalon à la figure, faut pas rester ! Faut t'en aller ! Et lui, alors, se lève d'un bond et me plaque contre le mur en me prenant à la gorge.

« Tu peux pas faire ça, tu vas pas me faire partir comme ça.

– Lâche-moi, tu me fais mal !

– C'est toi qui me fais mal !

– Non, c'est toi, tu serres trop fort, j'étouffe. »

Est-ce qu'il va vraiment m'étrangler ? Est-ce qu'il est capable de faire ça ? Je me souviens qu'il me murmurait la nuit – je feignais de ne pas l'entendre – je voudrais construire un mur autour de toi. Je me souviens de sa jalousie, et du fait qu'il voulait toujours tout contrôler de ma vie, mes repas, mes amis, mes médicaments, mes chats. Quand j'avais envie de l'agacer, je montais quatre à quatre l'escalier pour mettre ma clé dans la serrure avant lui, il ne supportait pas que je n'aie pas besoin de lui même pour ça, il le voyait comme une défaite. Je pense aussi, très vite, au mal que je lui fais, à cette méchanceté qui vient de me submerger, est-ce que j'aurais pas pu faire ça mieux, le traiter mieux, faire semblant d'avoir de la peine, ou d'être au moins attentive à la sienne, ne pas le renvoyer comme un chien, même un chien j'aurais été un peu gentille, mais là non, ingratitude absolue, égoïsme de petit monstre, est-ce que c'est si difficile de mentir un peu, qu'est-ce que ça m'aurait coûté, mais non, congédié, viré, sale enfant gâtée, sale violence qui me ressemble si peu et qui pourtant me vient de si loin, quand j'étais une petite fille pas encore gâtée mais qui comprenait qu'il fallait choisir papa contre maman, enfin choisir n'est pas le mot, j'adorais maman, mais je savais que choisir papa c'était choisir la vie normale.

Oui, il en est capable. Il est foutu de m'étrangler. Je ne me débats plus. Il est trop fort. Trop en colère. Et puis c'est bizarre mais l'idée me traverse puis s'installe que ce ne serait pas une si mauvaise idée finalement, ça réglerait tout, plus de décisions à prendre, plus de choix à faire, ce serait fini, tout serait fini. Au bout d'une demi-minute, pourtant, il relâche son étreinte, enfile son pantalon et part en claquant la porte. C'est terminé. Je rejoins Pablo au café où il m'a attendue. Un peu coupable forcément, mais à peine, comme une évadée, comme si j'avais transgressé une règle, mais pas une règle très grave, une petite règle de rien du tout. Contente aussi d'avoir choisi, d'avoir eu la force de décider, ça n'a pas été si dur en somme, ça n'a pas fait si mal, ça n'a même pas fait mal du tout. Est-ce que j'ai pensé au mal que je faisais à Gabriel ? Non. Je n'ai pensé qu'à moi, au mal que ça ne me faisait pas, exactement comme quand j'ai quitté maman. Sauvagerie des enfants trop sages. Faut que je fasse quand même attention, je me suis juste dit, ça va finir par se voir que je suis un monstre.

Faut être honnête : toute ma vie, j'ai pris des médicaments. Maintenant je bois du thé mais, toute ma vie, je me suis soignée, peut-être du départ de maman, je ne sais pas, ou de mon départ de chez maman, je ne sais pas comment je dois le dire.

Au début, je disais j'ai mal au front et ma grand-mère me préparait un verre avec une poudre diluée dans du lait, elle disait tu vas voir, c'est un placebo, c'est magique, et c'était magique en effet, il n'y avait pas meilleur médicament au monde que le placebo.

Plus tard, quand maman m'a dit que je suis née prématurée, à sept mois, sans sourcils, sans ongles, sans cheveux ni cils, et qu'elle a refusé qu'on me mette en couveuse, j'ai pensé qu'il me manquait peut-être quelque chose et je me suis mise à lire toutes les notices des médicaments que je trouvais, j'étais un brouillon de petite fille, une esquisse de jeune fille, les médicaments allaient me terminer.

Je me souviens aussi de mon époque Rhinadvil, les comprimés contre le rhume. J'en prenais une boîte par jour. J'expliquais j'ai une goutte au nez en permanence, c'est à cause de mes chats, je suis allergique à mes chats. Vous devriez vous faire désensibiliser me répondait la pharmacienne, ou essayer l'homéopathie. Oui, oui, je vais essayer, je répondais, mais je voudrais quand même quatre boîtes de Rhinadvil. Je savais que ce n'était pas normal de se soigner d'une maladie qu'on n'a pas. Mais je me disais c'est bien, je suis gentille avec moi, je m'occupe bien de moi, j'ai juste besoin d'un placebo, d'un rite, d'une habitude, comme au temps de ma grand-mère, est-ce que ça fait du mal les placebos ? J'ai même dû rêver, le jour des larmes mondaines d'Adrien, et des larmes terribles de papa, et des larmes à flots continus de maman, et de toutes les autres larmes, celles des amis, celles de mon petit frère que je ne pouvais, cette fois, plus consoler, je pense que j'ai dû rêver, ce jour-là, d'un médicament qui fasse pleurer le jour de l'enterrement de sa grand-mère...

Faut être honnête, donc. Faut pas faire retomber toute la faute, toute la responsabilité, sur les autres. Je suis bien obligée d'admettre, si je pense à ma période droguée, que j'avais des antécédents.

N'empêche ! C'est après l'avortement que je me suis *vraiment* mise à croire qu'il me manquait quelque chose : pas assez femme, pas assez adulte, pas assez regard de tueuse, pas assez bien pour avoir un enfant avec lui, pas à la hauteur, pas assez tout, je me suis sentie, tout à coup, comme une chenille recalée à l'examen papillon.

C'est après l'avortement qu'il s'est mis à sortir de plus en plus souvent de son côté, sans moi, des fêtes, des mariages, des boîtes de nuit, des dîners auxquels je n'allais plus parce que je pensais que j'allais faire des gaffes, dire des bêtises pas si graves quand même moi je trouvais, mais dont il me dirait, après, le visage blême de rage, les mâchoires serrées, qu'elles l'avaient humilié, déshonoré, qu'elles avaient flingué sa carrière politique.

C'est là, pendant ces soirées tellement tristes où c'est moi qui finalement préférais rester à la maison, avec les chats, à fumer des cigarettes en jouant avec mon ordinateur et à penser au moment où il ne me proposerait même plus de l'accompagner, où il n'insisterait plus, même pour la forme, et où il rencontrerait une fille plus belle, plus amusante, plus guerrière, plus regard de tueuse, c'est à ce moment-là que tout a commencé et que je suis devenue cette droguée.

Je suis allée voir, d'abord, l'homéopathe de maman.

« Vous parlez toujours aussi vite ? il m'a demandé.

– Oui, je crois.

– Pourquoi ?

– Par peur.

– De quoi ?

– D'ennuyer les gens trop longtemps, je pense.

– Vous vous sentez déprimée ?

– Non. Juste flottante. Parfois en l'air, parfois en eau très profonde. Il y a du vide en moi, vous comprenez. C'est comme de l'hélium, ça me porte loin des gens, loin des choses, mais c'est pas ça la question.

– C'est quoi la question ?

– Je crois que j'aimerais bien être quelqu'un d'autre, parfois.

– Qui ?

– N'importe qui. Une Superwoman avec un regard de tueuse, par exemple.

– Pourquoi ?

– À cause d'Adrien. C'est mon mari, Adrien, vous voyez. Il trouve que je suis pas celle qu'il lui faut. Je dors trop, par exemple. Je dors parfois quinze heures par jouir, pardon par jour, et dans mes rêves je suis quelqu'un d'autre, qui lui plaît beaucoup plus. »

Il m'a dit oui je comprends, il m'a demandé si j'aimais le vinaigre, oui beaucoup, et le chocolat ?

aussi, et il m'a prescrit un traitement. Le premier médicament s'appelait cocaïnum, ça m'a bien fait rigoler. Le deuxième cocculus, ça me plaisait déjà moins. Mais aucun des deux ne m'a rien fait. Ils n'ont rien changé à ce vide en moi. Je me sentais toujours aussi mal, toujours aussi engluée de fatigue, une fatigue épaisse, qui recouvrait tout, que le sommeil n'allégeait pas. Et, en plus de tout, je faisais toujours autant de gaffes. Je n'arrivais toujours pas à m'intéresser à la carrière d'Adrien, aux conférences qu'il organisait avec des super-anciens ministres, aux notes qu'il leur écrivait, aux soirées où il fallait les flatter, à toutes ses stratégies compliquées que j'étais trop sotte pour bien épouser. Et c'est comme ça qu'un jour, en fouillant dans les tiroirs du bureau de mon père, je suis tombée sur ses vitamines pour le cerveau.

Je savais qu'il en prenait, parfois, pour travailler, pour rester éveillé, finir ses livres. Je savais que ça le rendait nerveux, concentré, irascible, rapide. J'avais toujours su qu'elles étaient là, dans la caverne d'Ali-Papa. Mais ça ne m'intéressait pas plus que ça. Je passais devant sans les voir. Lui-même d'ailleurs n'en parlait jamais, sauf avec ses copains écrivains quand ils s'échangeaient leurs recettes et leurs dosages. Alors que là, je me suis dit c'est génial, c'est peut-être ça la solution, je n'aurai qu'à les avoir, partout, tout le temps, avec moi, ces petites pilules magiques, et, premièrement, je serai brillante, maligne, passionnante, et, deuxièmement, ce sera un peu de papa en moi, ce sera comme s'il était avec moi, on sera deux, on est forcément plus fort à deux qu'à un, ça m'aidera à être à la hauteur, il faut bien ça pour être digne d'Adrien.

C'est comme ça que tout a commencé.

Une fois, deux fois, et ensuite de plus en plus souvent, tous les jours, toutes les heures, huit par jour, jusqu'à dix, chaque fois que je doutais de moi, chaque fois que je sentais le regard de reproche d'Adrien et que je voulais vite me rattraper, chaque fois que je m'affolais et que j'avais envie d'appeler au secours : hop, papa dans la poche, accès direct au cortex de papa, tout devenait facile, fluide, presque clair, je me sentais guérie, invulnérable, superwoman, je me sentais allégée, à chaque prise et jusqu'à la suivante, de mes mauvaises habitudes, de mes fuites et de mes renoncements, de ma fragilité, de ma paresse et de ma lâcheté, je me sentais allégée de ce côté à côté de la plaque qui énervait tellement Adrien, allégée de ce vide que je sentais en moi et qui aspirait tout, ma volonté, mes envies, ma gaieté – capable, enfin, d'être celle qu'il voulait et que je n'étais pas.

Ça s'appelait Dinintel, ces pilules miracle, ou

Survector, ou Captagon, on n'a qu'à dire amphétamines, juste amphétamines, car toutes ces saloperies se ressemblent, elles ont toutes le même effet. Les amphétamines c'est ce qu'il me fallait. Les amphétamines c'est ce qui me manquait pour être digne de mon mari, digne d'avoir un enfant de lui, un enfant qui aurait eu ma peau de Bretonne et ses phalanges noueuses, digne d'apparaître à son bras dans ses soirées politiques, capable de ne pas faire de gaffes devant ses amis normaliens, capable de ne plus avoir peur qu'il me trompe, qu'il me quitte, qu'il me désaime, qu'il m'abandonne, je ne risquais plus rien, j'étais invulnérable, j'étais forte comme Terminator.

De ce temps-là, j'ai quand même gardé ça, ces impressions merveilleuses, miraculeuses, ce sentiment vague d'être sur un tapis volant, hors d'atteinte, triomphante.

Mais je me souviens aussi que c'était comme si papa était en moi, avec moi, dans ma tête ; rien ne pouvait plus m'arriver ; je traversais hors des clous, comme lui, sans regarder ; quand je parlais, c'était lui qui dictait ; prendre ses amphétamines, c'était comme une transfusion, c'était ma vie tissée dans la sienne, c'était quelque chose de son intelligence et de son courage qui passait en moi ; il me guidait, il me protégeait, il veillait sur moi sans le savoir,

Adrien ne m'abandonnerait plus, j'étais enfin la Superlouise dont rêvait Adrien.

Je ne savais rien, alors, du cauchemar qui allait venir, de la dépression, de l'œdème pulmonaire dont j'ai failli mourir, des cheveux qui tombent par plaques, des malaises à répétition, de la difficulté grandissante à courir et même parfois à marcher, je ne savais rien de tout ça et, même si je l'avais su, ça n'aurait rien changé, je serais allée au bout, presque au bout, comme je l'ai fait.

D'ailleurs c'est pas vrai, je le savais, les médecins me l'avaient plus ou moins dit, j'en avais des tas, de médecins, et des tas de pharmaciens, mais il y en avait un quand même, un plus grand médecin que les autres, il soignait une grande écrivain beaucoup plus droguée que moi, et il m'a tout de suite dit les horreurs qui m'attendaient, il m'a tout dit en fait, mais juste comme ça, par acquit de conscience, au fond il s'en foutait, il me prescrivait ce que je voulais, il m'a même lancé un jour, tranquillement, en me tendant ma deuxième ordonnance de la semaine, vous savez, mademoiselle, un médecin n'a jamais pu empêcher personne de se suicider, quand tout a été fini papa est allé lui casser la gueule, il n'a jamais osé se plaindre, le salaud.

D'ailleurs je me raconte encore des histoires en disant ça, c'était pas lui le salaud, c'était pas lui le monstre et le coupable, c'était moi, seulement moi, je m'en foutais de devoir tout le temps augmenter les doses ; je m'en foutais de ne plus nager et de ne plus danser parce que le cœur allait pas tenir ; je m'en foutais de mourir ; je m'en foutais du teint cireux que je commençais à avoir certains matins, des grands cernes noirs qu'il fallait cacher sous d'épaisses couches de fond de teint ; je m'en foutais de ce regard dur, noir, qui me trahissait quand je ne faisais pas attention ; je m'en foutais de cette méchanceté que j'avais en moi et que les amphétamines révélaient ; je m'en foutais d'être seule, plus seule que je ne l'avais jamais été ; je me foutais de tout, du moment que j'avais mes douze gélules par jour et que je pouvais me dire : ça y est, je ressemble à celle que cherche Adrien, cet être implacable qui répond du tac au tac, l'esprit toujours incandescent, fébrile, plus jamais rêvassant ; je me foutais que le monde soit dur, rugueux, plein d'aspérités qui m'accrochaient comme des ronces, pourvu que je passe au travers ; je me foutais de devenir dure moi-même, et méchante, pourvu que je sois lucide, et maligne, comme il voulait ; c'est un miracle, je me disais ; c'est comme ça qu'il m'aime, déguisée en Superlouise qui voit les gens jusqu'aux entrailles, leurs vices, leurs mauvaises pensées, leurs failles, et c'est comme ça que je peux être, si je veux, quand je veux, grâce aux amphètes ; elle était loin, la douceur de l'enfance ; il était loin, le temps où je riais d'entendre papa dire alors, cher archicube à un ami au téléphone, il disait cher archicube et j'entendais cher Rubik's Cube, j'étais aux anges ; tout cela était loin mais les choses, enfin, me semblaient proches, j'en comprenais les codes et le mouvement, les amphètes me permettaient de voir et d'entendre, les amphètes c'était le monde dans la gueule, comme la première fois qu'on m'avait mis des lunettes, les amphètes c'était la clé de tout, grâce aux amphètes j'étais digne d'être aimée.

C'est loin, tout ça, maintenant. C'est loin, et froid. Ça remonte comme du fond d'un précipice. Car, très vite, le cauchemar a commencé.

J'ai appris à falsifier les ordonnances, à duper les médecins qui, de toute façon, n'ont jamais tellement rechigné à me prescrire ce que je voulais. Je changeais juste les quantités. Je connaissais les pharmaciennes qui acceptaient, contre petite commission (elles gardaient les vignettes, ou bien elles facturaient d'autres trucs), de fermer les yeux sur les prescriptions louches. Je suis entrée, très vite et tout entière, dans cet autre monde où le temps n'est plus le même, où le temps se compte en plaquettes, en comprimés, en heures creuses et en heures pleines, pleines de force ou creusées de nausées quand je n'en avais plus ou quand j'en avais trop pris.

Je me souviens, ensuite, bien plus tard, quand j'aurais bien voulu arrêter – mais comment, il aurait fallu que je sois très forte, mais je n'étais pas forte justement, c'est même pour ça que j'étais entrée dans cette folie et que je m'assommais d'amphétamines –, je me souviens de ces soirées passées à la maison, à vomir, à pleurer, à ne rien pouvoir faire d'autre qu'attendre le rendez-vous avec le prochain médecin qui me renouvellerait mon ordonnance, à attendre un miracle, que le café agisse, ou que je trouve un Dinintel sous le lit, ou que le plafond s'écroule et me donne une vraie raison d'être malheureuse.

Je me souviens de ce fameux soir de l'anniversaire d'Adrien, je ne peux pas me lever, je ne peux pas, c'est pour assurer dans ce genre de soirées, c'est pour être bien à la hauteur, que je me suis lancée dans tout ça et voilà que, six mois plus tard, je ne suis même plus capable de tenir sur mes jambes, je suis encore plus insuffisante, encore plus nulle, que quand je ne prenais rien, ah si je trouvais un Captagon, même un seul, ça fait longtemps que ça ne me donne plus les superpouvoirs du début, mais enfin je pourrais me lever, me laver, m'habiller, faire semblant, l'accompagner au moins une heure ou deux, le temps que l'effet se dissipe, mais non, je reste dans mon lit, je le laisse aller seul à cet anniversaire où il y aura tous ses amis et des superfilles qui le regarderont avec des yeux de merlan frit, je m'en souviens parce qu'il m'en a beaucoup voulu, et longtemps.

Mais comment a-t-il fait, lui, si longtemps, pour ne se rendre compte de rien, ne pas s'inquiéter, ne pas appeler mon père, ne pas appeler au secours, ne pas ? C'est un mystère. Il a une thèse, aujourd'hui, là-dessus. Il a toujours adoré les thèses, Adrien. Il marchait de long en large devant moi comme devant un large auditoire, il s'arrêtait devant le miroir pour replacer une mèche qui lui tombait devant les yeux, ou tripoter un bouton, ou vérifier la véhémence de son regard, il me regardait à peine, il exposait sa thèse. Sa thèse, aujourd'hui, c'est que... Oh ! je m'en fiche de sa thèse, après tout. Je crois qu'il voulait juste ne pas voir, ne pas savoir. Je crois qu'il était comme tout le monde, je ne peux pas lui en vouloir, avalé par ses ambitions, ses copains, leurs petits complots de bébés politiciens pour prendre d'assaut l'association truc ou la conférence machin. Je crois qu'il pensait aussi, au fond de lui, que j'étais folle, hyperfragile, et que, les amphètes ou autre chose, ça tournerait mal de toute façon, est-ce que c'est pas ce qu'il a dit à Simon, son meilleur ami de l'époque, au moment où on se séparait, Louise est foutue, je le sais, c'est joué, mais j'y pourrai plus rien, je pourrai plus rien empêcher et c'est même ce qui me dérange le plus dans le fait de la quitter ? C'était drôlement gonflé, n'empêche, de partir de ce principe que son petit ours était fichu, que c'était joué, écrit d'avance, et que ça lui faisait pas plus d'effet que ça. Et puis il y a aussi, il faut bien dire, le fait que je mentais comme une pro, peut-être que je donnais vraiment le change, peut-être qu'il pensait que j'étais juste hypocondriaque et paresseuse et égoïste et cinglée. Pourquoi je mentais ? Parce que, malgré tout, malgré l'enfer qu'était devenue ma vie, je ne voulais pas arrêter. Parce que je ne voulais pas redevenir comme avant, la gentille petite Louise qui a peur, qui se cache, qui rougit. Et puis je mentais parce que j'avais honte, je ne voulais à aucun prix qu'il sache que j'avais besoin d'une béquille pour être adulte, j'avais honte de celle que j'étais quand j'étais nue, sans amphétamines, sans mon déguisement de Superlouise.

Sans amphétamines d'ailleurs je n'étais même plus comme avant, c'était pas si simple, il ne suffisait pas que j'arrête, que j'ôte le déguisement, pour redevenir petite Louise. Non, quand j'arrêtais, j'étais un légume. Il me fallait un courage surhumain pour me lever. J'ouvrais les yeux, je ne voyais rien, je me disais faut que j'aille dans la salle de bains, nettoyer mes lentilles, prendre mon premier Dinintel, mon cocktail Survector-Effexor-Incital, mais même pour ça j'avais la flemme, je me rendormais, je me réréveillais dix minutes après, en sueur, au milieu d'un rêve affreux, je buvais un peu d'eau, comment il finit ce rêve, hein, comment il finit et comment l'orienter, même pour ça je n'avais plus la force, je voyais rien, j'entendais rien, juste Adrien, de loin, parlant au téléphone, ou aux chats, ou à son reflet dans sa montre, ça me réveillait un peu, je grognais, je filais à la salle de bains ingurgiter mes cachets, je retournais m'effondrer dans le lit, je fermais les yeux, j'attendais que le cocktail commence de faire son effet, quelle heure est-il ? onze heures, et si cette fois ça ne marchait pas ? et si ça faisait encore moins d'effet qu'hier ? midi, ça va, ça commence, je sens les premiers effets, j'ai rien d'intéressant à faire, je peux me rendormir, je me rendors, quand j'émergeais vraiment c'était le milieu de l'après-midi, j'étais de mauvaise humeur, furieuse, je criais j'en ai marre dans la salle de bains, le téléphone sonnait, le répondeur saturait, quelle barbe, des messages qui allaient m'engueuler, qui allaient me culpabiliser, je ne rappellerai personne, d'ailleurs ils le savent bien, les gens, que je ne rappelle plus, pourquoi ils ne se découragent pas, moi à leur place je me serais envoyée promener, j'aurais plus du tout appelé. Me lever, m'habiller, descendre boire un café au zinc du Danton, laisser un message à papa pour lui dire allô, c'est Louise, pas le temps de te parler ni de te voir, je travaille beaucoup, c'est super, il me fallait un courage surhumain pour être capable de faire ça, il me fallait toutes mes dernières petites forces pour faire quoi que ce soit d'autre qu'attendre l'accalmie sans nausée, falsifier l'ordonnance du lendemain et aller, maigre et cassée, jouer la comédie à la pharmacie.

« Elle est pas claire, cette ordonnance, elle est pas claire du tout. » Je détestais ce rôle que je m'imposais, cette semi-délinquance où je me voyais sombrer, je détestais devoir parfois supplier, implorer, mendier, de quoi elles se mêlaient, pourquoi elles faisaient tant d'histoires les pharmaciennes, qu'est-ce que ça leur coûtait ? Je haïssais les vigilantes, celles qui vérifiaient, qui appelaient leur supérieur et commentaient mon ordonnance en chuchotant, tandis que je me composais une mine à la fois gentille honnête et malheureuse alors que j'avais envie de les mordre. Et je méprisais aussi les complices qui, avec le temps, pensaient qu'on était des copines et qui me racontaient leurs chiens leurs vacances leurs cours de tai-chi, et il fallait que j'écoute, que je commente, que je rie, celles-là j'avais envie de les tuer. Et puis il y avait celles qui faisaient du chantage, c'est celles que je comprenais le mieux parce qu'au moins elles jouaient le jeu, elles savaient qu'elles risquaient, un jour ou l'autre, d'être dénoncées à l'ordre des pharmaciens. J'évitais celles chez qui j'allais traîner, avant, à la sortie du bureau, pour essayer les dernières crèmes solaires ou demander conseil pour un après-shampoing, et celles qui me demandaient des nouvelles de mon angine ou de l'otite de mon petit frère, j'avais trop honte, je sentais bien que je n'étais plus fréquentable, d'ailleurs celles-là, les rumeurs vont vite, ne me saluaient plus quand je les croisais au supermarché.

C'est étrange qu'il ne m'ait pas quittée, Adrien, à ce moment-là. Il ne m'a même pas quittée quand il a su, quand je lui ai tout avoué. Il est arrivé dans le salon, à trois heures de l'après-midi, et m'a trouvée sur le canapé, malade, en convulsion, et il s'est juste mis à hurler. Parfois je lui en suis reconnaissante, je me dis il est quand même resté, il a supporté mes convalescences et mes rechutes, mes mensonges et mes scènes d'hystérie. Parfois je me dis qu'il avait besoin que j'aie besoin de lui, qu'il aimait bien, dans le fond, ce rôle de saint-bernard intermittent, m'amener à l'hôpital, faire le malin avec les infirmières, jouer son propre drame et le mien, prendre, devant les médecins, son air de jeune-mari-qui-est-tellement-à-plaindre. Et puis quand il me répétait tout le temps il faut tuer le père ! il faut tuer le père ! et que moi je le croyais comme je l'avais cru à l'époque où il me disait qu'il était stérile, quand il m'obligeait à parler à mon père en cachette, ou à ne pas lui parler du tout, je ne savais pas encore qu'en fait, au-delà de sa gentillesse, de sa bonté, il avait, lui, ce désir-là : tuer mon père, et que j'étais son arme.

Au début je donnais le change, je faisais très attention à tout, mes gestes, mes tremblements, je simulais l'appétit, à table, comme les autres, et la fatigue le soir, après l'amour qui était une lutte, un pugilat, un galop, poings serrés, dents grinçantes. Je me relevais quand Adrien dormait, je faisais des pompes dans le salon pour m'épuiser mais ça ne m'épuisait pas, je lisais des livres dont je ne garde aucun souvenir, je sais que je les ai lus, les pages sont cornées, annotées, certaines phrases soulignées, mais je ne me rappelle rien, tout ça pour rien, j'avais de superpouvoirs, j'étais Superlouise, mais je n'en ai rien fait à part un début d'œdème au poumon.

Ah si, je me souviens que j'étais prise, la nuit, d'une frénésie de rangement et de nettoyage, je récurais le sol, je désinfectais les poignées de porte, je m'affairais, je déplaçais mes livres et ceux d'Adrien, et puis je sentais enfin le moment exquis, proche de l'orgasme, ce moment où les cinq, six comprimés de Stilnox ou de Rohypnol agissaient enfin, gagnaient le bras de fer contre les amphétamines, ce moment où je sentais que je glissais vers le sommeil, ce sommeil épais, sans rêves, ce sommeil comme du goudron brûlant sur le corps, qui ensevelissait tout, qui recouvrait tout, j'aurais donné n'importe quoi pour ce moment-là, pour cette nanoseconde où je sentais qu'on me débranchait, comme un ordinateur. Adrien me retrouvait, le matin, endormie pelotonnée sur le canapé du salon, des gants Mapa sur les mains et un chiffon dans les cheveux, il riait, il disait que j'étais somnambule, son petit ours somnambule.

Tu m'aimes ? je demandais dans les rares, très rares moments où je retrouvais un peu des réflexes de l'ancienne Louise. Oui mon amour, mon petit ours, je t'aime, mais j'aimerais bien que tu te lèves le matin. Moi aussi, j'aimerais bien, tu veux pas me lever, toi, le matin ? tu veux pas me secouer ? C'est ce que je fais, petit ours, mais tu grognes, tu délires, tu me frappes, tu me dis non, non, laisse-moi dormir, laisse-moi finir mon rêve, qu'est-ce qu'il faut que je fasse, moi, j'ai des rendez-vous, je suis pressé, j'ai ma carrière, merci bien ! On ne se disputait pas tellement, en même temps. J'étais un bloc d'amour ou un bloc de sommeil, j'avais pas tellement de temps pour me disputer.

À la fin je prenais les gélules par trois, par cinq, par sept. Je les mélangeais. Je raccourcissais les délais. Trois Dinintel et deux Survector toutes les trois heures, juste pour pouvoir exécuter, mécaniquement, les gestes quotidiens qu'on fait d'habitude sans y penser, pour tenir, pour me doucher, pour acheter le pain, pour affronter les autres, tous les autres qui me faisaient de nouveau peur, peur comme avant, avant d'en prendre. Car le but, maintenant, c'était d'être capable, juste capable, de faire semblant. Mais les superpouvoirs, la lucidité, l'intelligence, mon père dans ma tête, tout ça, c'était fini, je n'y avais plus accès, les amphétamines m'avaient ouvert puis refermé les portes du monde et je recommençais, comme avant, à avancer sur la pointe des pieds, en m'excusant, en ayant toujours l'impression de déranger, en ayant toujours peur de dire des bêtises, et toujours peur qu'Adrien me quitte. Le déguisement ne me déguisait plus et sans le déguisement je n'existais plus du tout, c'est quoi un déguisement s'il n'y a personne en dessous ?

Et puis il y a eu ce dimanche, juste avant mon entrée en clinique, dans ce bistrot où nous avions l'habitude d'aller, papa et moi, sauf que, depuis un an, j'annulais de plus en plus souvent nos rendez-vous sous des prétextes divers : parce que je ne mentais plus aussi bien qu'avant, parce que ça devenait de plus en plus difficile de simuler la bonne santé et la gentille petite Louise d'avant, parce que je ne me réveillais pas et puis parce que Adrien me faisait une scène chaque fois que je lui disais je déjeune avec papa et que j'étais trop épuisée pour supporter ses cris, alors je préférais encore annuler et dire à papa désolée, je suis prise, on joue de malchance, on déjeunera après Noël, après Pâques, à la saint-glinglin.

Il en souffre, bien sûr. Il ne comprend pas pourquoi sa petite Louise s'éloigne. Mais, au moins, il ne sait rien. Il n'a pas idée de ce dans quoi je me noie, à cause de moi, par ma seule faute, parce que je voulais bien faire, oui, je vous jure que je croyais bien faire, c'était pour que vous soyez bien fiers de moi, papa, maman, ma grand-mère, Adrien surtout, bien fiers de votre Louise, voyez comme elle est gaie, vive, alerte, intelligente, voyez comme elle se lève en forme le matin, comme elle travaille dur, comme elle est douée, quel bon petit soldat, c'est une grande maintenant, elle était si timide, si réservée, elle a pris tant d'assurance, c'est formidable !

Ce dimanche-là, pourtant, je suis venue. J'ai pris double dose de Dinintel et de Captagon pour être sûre d'être bien euphorique comme il faut. Je me suis installée dos à la salle, devant la glace, pour être certaine de pouvoir vérifier mon regard en continu : il me connaît par cœur, papa ; il me connaît mieux qu'Adrien ; et puis il les connaît, aussi, les effets de ces saloperies d'amphétamines, il en prend de temps en temps, pour aller vite, pour terminer un article ou un livre, il fait ça pendant deux jours, ou trois, et puis il arrête, il a toujours eu la force de savoir s'arrêter à temps, maintenant il n'en prend plus, je crois que je l'en ai dégoûté, il m'a dit que peut-être, dans dix ans, quand il sera sûr et certain que je serai tout à fait guérie, je suis tout à fait guérie, est-ce qu'il en est tout à fait convaincu ?

Mais je n'en peux plus, en même temps, ce jour-là. J'ai beau m'être goinfrée de chimie, j'ai beau m'être défoncée au Captagon au point d'avoir les tempes qui me font mal, le cœur qui cogne, des fourmillements dans les jambes et les bras, des crampes, je suis à bout de forces, je n'en peux plus de cette comédie et j'ai peur aussi, j'ai peur comme je ne me souviens pas d'avoir jamais eu peur. J'ai appris, la veille, que le Dinintel allait être interdit à la vente en pharmacie, et le Captagon, et toutes les amphètes en général. Comment je vais faire ? je me dis. Comment je vais pouvoir m'en passer ? Est-ce que je peux encore m'arrêter ? Comment ? J'étais pas si mal, avant, dans le fond. Adrien est bien tombé amoureux de moi, avant. Pourquoi ne pas essayer de redevenir comme j'étais, juste comme j'étais, quand je buvais du Coca, quand je rougissais, quand je n'étais pas droguée, et qu'il m'aimait ?

Papa est de bonne humeur, je m'en aperçois tout de suite. Il est content de me voir. Il me trouve mauvaise mine mais il est content de me retrouver. Tu sais combien de temps ça fait ? il me demande en m'embrassant. Huit mois ! Huit mois que je suis privé de ma Louise ! Moi aussi, je suis contente, je suis toujours contente quand je le vois, mais en même temps j'ai envie de pleurer et je dois faire des efforts insensés pour qu'il me trouve normale, qu'il ne s'aperçoive de rien, ni que je suis droguée jusqu'aux yeux, ni que je n'en peux plus et que je donnerais tout, ce jour-là, pour revenir à la case avant.

Il me parle du Mexique où il va partir tourner un film. Il y est allé voilà longtemps avec maman. C'est un pays magique, il me dit. Tu verras, vous verrez, vous allez venir deux ou trois semaines, ton frère et toi, vous allez adorer. Et moi je calcule à toute vitesse, en l'écoutant, le nombre de plaquettes dont j'aurai besoin pour tenir deux ou trois semaines. Est-ce qu'ils fouillent les valises, au Mexique ? J'aurai mes ordonnances, bien sûr, et tout comme d'habitude. Donc légalement, je ne risquerai rien. Mais si les douaniers sortent les boîtes devant tout le monde, donc devant papa... Rien que d'y penser, j'ai le cœur au bord des lèvres et envie de pleurer de plus belle.

Papa me regarde, comme toujours, au fond des yeux. Il devine tout, d'habitude. Il devine et il voit tout. La tristesse masquée par l'angine. Le petit froncement de sourcils qui veut dire j'ai du souci. Il avait soupçonné ma première cigarette, à quatorze ans, avec Prune : on avait crapoté sur le chemin qui serpentait vers la Marne, dans cette maison près de Meaux où nous passions l'été, avant, au temps béni de l'enfance, au temps béni de l'irresponsabilité, des câlins, des gronderies, au temps béni des bonnes habitudes. Prune m'avait annoncé, crânement, en faisant des ronds avec la fumée de sa Gauloise, est-ce que tu sais que ton père a une nouvelle fiancée, c'est mon parrain qui me l'a dit, il paraît qu'elle est mexicaine, et blonde, et qu'elle parle cinq langues, et qu'elle sait chanter et danser, et qu'elle a dix ans de moins que lui, et qu'ils sont très amoureux, elle est tellement parfaite c'est à se flinguer, elle a des jambes comme ci, elle a des yeux comme ça, elle va nous pourrir notre adolescence ! Je la connaissais déjà, la nouvelle fiancée. Papa venait juste de me la présenter. Et j'avais tout de suite senti qu'on allait devenir amies toutes les deux et que ce serait peut-être ma providence. Mais ça m'a tellement énervée que Prune le sache aussi et fasse sa maligne que j'ai instantanément décidé de me brouiller avec elle et que, en attendant, je lui ai pris sa cigarette, j'ai voulu faire des ronds comme elle et je me suis mise à tousser comme une folle. Papa, à l'heure du dîner, m'a pris gentiment la main dans la sienne. Je l'ai retirée, d'instinct, parce que c'était la main qui avait tenu la cigarette et que pourtant j'avais savonnée mais c'était la main fautive, la main coupable. Et, dans mon geste, tout de suite, il a tout vu et tout compris : Louise, tu as fumé ? pourquoi tu as fait ça ? tu ne sens pas comme c'est laid ? et bête ? les femmes qui fument et qui se soûlent, tu sais, c'est pas sexy.

Mais ce n'est pas à ça que je pense, ce jour-là, en le laissant me regarder, comme avant, droit dans les yeux. Je pense que c'est ma chance, au fond, ce déjeuner. Je me dis que c'est l'occasion de le laisser voir, pour une fois, les petites têtes d'épingle qui me font le regard si dur. Il faut qu'il comprenne, je me dis. Oui, changement complet de stratégie, il faut qu'il comprenne, qu'il se fâche, qu'il m'aide, papa arrange toujours tout il me disait, avant, quand tout était réparable, il est le seul à pouvoir tout arranger, moi je n'y arrive pas, personne à part lui n'y arrivera, les médecins ne peuvent rien, les médecins me prescrivent ce que je veux et s'en foutent, et quant à Adrien, c'est trop loin de lui, il s'en fout aussi, et puis c'est encore un enfant, il ne comprend pas bien, il me dirait il faut en parler à ton père, alors voilà, on va gagner du temps, je vais faire en sorte que mon père comprenne et qu'il règle tout comme il sait faire.

Aide-moi, papa, je dis silencieusement, en plantant mes yeux durs dans les siens, mes yeux de droguée dans ses yeux de gentil papa. Aide-moi, je murmure, aide-moi, tu es le seul à pouvoir me sortir de cette saloperie qui devait nous rapprocher et qui a mis tant de distance entre nous que je ne peux plus te parler et que ça fait un an que je ne te vois plus, et deux ans que j'évite ton regard, parce que, pendant ces deux ans où tu croyais juste que je m'éloignais parce que c'est dans l'ordre des choses, que les enfants grandissent, qu'ils tombent amoureux et oublient leurs parents, j'étais amoureuse, mais d'un garçon à qui je ne suffis pas, d'un garçon qui m'aime, je crois, mais qui voudrait que je sois quelqu'un d'autre, ou que je sois toutes les autres, je ne m'éloignais pas, je te fuyais, je crevais de trouille que tu me perces à jour, que tu saches, mais maintenant voilà, je viens de changer d'avis, il faut que tu saches au contraire, il le faut absolument, du fond des yeux je te crie c'est moi, Louise, aide-moi, je suis enfermée, il n'y a que toi qui puisses m'aider, me sauver, m'arracher à ça, tu comprends tout, tu arranges tout, je suis dans le mensonge jusqu'au cou, je te mens comme je ne t'ai jamais menti, avant je mentais pour des petites choses, des choses si petites que tu devais mettre tous tes détecteurs en batterie pour me confondre, je donnerais tant pour revenir à ces mensonges-là, ces mensonges normaux, sans importance, ces mensonges que font tous les enfants à tous les parents, il y a grève au lycée, c'est pas moi qui ai mangé le chocolat, je dors chez mon amie Delphine, non je ne sais pas où est ton pull en cashmere gris, qu'est-ce que c'est que ce nouveau chat, je ne sais pas, non, c'est pas moi qui l'ai amené : c'est ma vie entière qui est un mensonge maintenant, l'après-midi quand je me réveille, le matin quand je m'endors, ce n'est plus moi c'est un mensonge de moi, je n'en peux plus d'être ce mensonge, je veux revenir en arrière, je t'en supplie, je n'en peux plus.

Et il se passe, alors, une chose extraordinaire. Papa n'entend pas. Papa, qui comprend tout, me regarde mais ne comprend pas. C'est trop dingue, probablement. C'est trop loin. J'ai une telle habitude, aussi, de la dissimulation que je continue sûrement de mentir même quand je crie la vérité. Tu as l'air fatigué, il me dit juste. Est-ce que tu n'as pas trop travaillé ? Et moi j'ai envie d'éclater en sanglots, là, au beau milieu du repas que je n'ai pas touché. Si j'éclate en sanglots, il me demandera ce qui ne va pas, s'il me demande ce qui ne va pas il sera préparé à un aveu, voilà, c'est ce qu'il faut, c'est exactement ce que je vais faire et le cauchemar va s'arrêter. Et puis nouveau phénomène extraordinaire, nouvelle catastrophe, encore pire : voici une autre petite voix qui se lève en moi, venue du fond de moi, une petite voix qui devrait être étouffée par les amphètes et qui me chuchote que papa est si gai, là, face à moi, si heureux de son Mexique, si fier de mon petit frère et si fier de mon premier roman, si fier de moi qui suis droguée depuis deux ans, ça lui fera tant de peine, ça lui fera un tel choc, je lui dois tant, je l'aime tant, je lui ai causé tant de soucis déjà, est-ce qu'il mérite ça, cette fille indigne, cette malade ? Alors je ravale mon sanglot, je le transforme en éternuement, je dis j'ai une poussière dans l'œil, je dis oui, je suis un peu fatiguée, je lui souris, et, dans mon sourire, je mets toute ma douceur, toute ma candeur, tout mon reste d'enfance, je lui fais mon bon sourire d'enfant modèle.

Le garçon vient apporter les cafés. Je tâte, dans ma poche, la plaquette de Dinintel. Délicatement, avec l'ongle du pouce, je détache une gélule, puis une autre, et une autre encore. Papa demande s'il y a des glaces à la pistache. Il lève la tête vers le garçon, une seconde, hop, ça me suffit, les gélules sont dans ma bouche, sous ma langue, j'attends un peu, pas trop sinon la poudre va sortir de sa capsule de gélatine et le goût, atroce, me fera grimacer. Je souris. Je souriais déjà, mais je change mon sourire qui devait s'être figé. Je prends mon verre, fermement, pour ne pas trembler. J'avale une gorgée de Coca, une autre. Dans dix minutes ça ira mieux. Pendant une heure, peut-être un peu plus, ça ira bien. Pendant une heure, peut-être un peu plus, je jouerai bien la comédie de la gaieté, de la vivacité, du bonheur. Papa sera content. Il pensera que je suis en forme, une vraie petite réussite, un rêve de jeune fille, il me dira que j'ai toujours mon front de bébé, on parlera de toutes les choses importantes, comme d'habitude, comme avant, de mon frère qui veut devenir avocat, de ma grand-mère qui prend des cours d'informatique, de la bonté d'Adrien, et on quittera le bistrot avant les premières nausées. D'ailleurs ça y est, ça va déjà mieux, mon Dieu, quelle folie, quelle erreur, je l'ai échappé belle, je me débrouillerai bien toute seule finalement.

C'est Adrien qui m'a déposée à la clinique, en taxi, avec une valise pleine de livres et deux chemises de nuit.

Joli parc, infirmières sévères mais rassurantes, gens en survêt dans les couloirs, petite chambre austère, j'étais loin de *Vol au-dessus d'un nid de coucou* et, même si c'était pas le Club Med, j'ai trouvé l'endroit plutôt pas mal, j'étais prête à y rester un an s'il le fallait, ou deux, ou plus, j'allais pouvoir lire tout mon soûl, dormir sans me planquer, pas faire semblant d'être gaie, pleurer non-stop parce qu'ici on a le droit, ce genre d'endroit doit même être fait pour ça, un endroit pour bien pleurer en paix.

J'ai dit va-t'en vite mon amour mon ange, tellement j'étais pressée de pleurer, tellement j'avais hâte de voir quel effet ça faisait de ne plus avoir à contrôler son visage, ses émotions, son allure, va-t'en, tu vas louper ton bus, mon chéri, et je suis allée m'installer dans la grande salle commune pour faire connaissance avec mes nouveaux amis, ceux avec qui j'allais jouer au baby-foot, ceux de l'atelier d'ergothérapie, celles qui avaient été violées, ceux qui étaient arrivés avec les gencives détruites par les piqûres, ceux qui n'étaient pas là de leur plein gré et buvaient de l'alcool à 90° en douce, ceux qui étaient encore plus drogués que moi, les déprimés, les alcooliques, les électrochoqués, les schizophrènes aggravés, les autres, les plus nombreux, ceux qui ne pouvaient plus dire pourquoi ils étaient là car ils l'avaient oublié, ils étaient là depuis des années.

Chaque soir, à dix heures, on me donnait ma dose de Tranxène. Je préfère l'Urbanyl, mélangé à du Lysanxia, ça me fait plus planer, mais on insistait pour le Tranxène et je n'osais pas protester. Le matin, à neuf heures, toc toc, bonjour, petit déjeuner, voici votre Effexor, attendez j'ai pas mes lentilles, c'est pas grave, ouvrez la bouche. À midi, bon appétit, voici votre Buspar, non, prenez-le devant moi je vous prie. Le reste du temps, j'enfilais des perles à l'atelier d'ergothérapie en pleurant, je jouais au baby-foot en sanglotant, je lisais *Mademoiselle Else* en geignant, je regardais *X-Files* dans le lit d'un garçon très beau au ventre lacéré de coups de couteau qui me plaisait beaucoup, qui pleurait aussi beaucoup et qui ne parlait jamais.

Il avait des grands yeux un peu vides et très bleus, des yeux comme des miroirs dans lesquels on voyait ce qu'on voulait : le ciel, ou rien du tout. Il avait fini sa cure, mais il ne voulait pas rentrer chez lui. Il me faisait penser à mon oncle Pierre, le frère de maman, qui ne sort plus de chez lui depuis dix ans, on lui apporte à manger tous les matins, il dort, il mange, il dort, il mange, de temps en temps il s'habille, il remet son beau blazer à boutons dorés de quand il était un fils à papa rennais avec voiture décapotable, filles craquantes, vie brillante, fins d'après-midi très gaies à la terrasse du Café de la Paix, mais il n'arrive pas à se décider, franchir le seuil de son appart lui est une souffrance insurmontable et, finalement, il ne sort pas, il ôte son blazer et se recouche pour la semaine. Ce garçon, c'était pareil. Il s'incrustait depuis un an et on finirait par devoir le virer. On s'est fait surprendre, un jour, par une infirmière qui a cafté au médecin en chef et on nous a changés d'étage.

Papa venait me voir. Il a semé la panique, la première fois, dans le hall, avec ses lunettes noires et son allure de rock star, au milieu des patients en jogging et de mes nouveaux amis zombis. Il me disait que j'étais tellement plus jolie comme ça, fragile, un peu timide, que c'est comme ça qu'il m'aimait, que c'est comme ça que j'allais être heureuse, car j'allais être heureuse il le savait, tu verras que j'ai raison il me disait, tu verras je ne me trompe jamais, est-ce que je me suis déjà trompé ? Non, non, papa, je répondais, tu ne te trompes jamais. J'avais tellement envie de le croire. Et tellement envie, aussi, de le rassurer, de lui faire comprendre qu'il n'y avait rien en moi de pourri, de gâté, d'abîmé, que j'étais toujours sa petite Louise, qu'il fallait nettoyer un peu en surface, c'est tout, juste un peu de ménage. On allait faire des longues promenades dans le parc. Il m'emmenait déjeuner dans des auberges du coin. Il m'apportait des livres, des journaux. L'expression nourrissant le sentiment, ça finissait presque par marcher et, à force de faire l'enfant modèle, je retrouvais des réflexes presque normaux. Je recommençais à lire. Je prenais des nouvelles de mon frère. J'avais l'impression de revenir d'un long voyage, d'un pays très très lointain, j'étais comme l'homme à l'oreille cassée qui a été congelé pendant je ne sais combien d'années et qui revient à lui dans un monde complètement inconnu.

Ma grand-mère aussi venait me voir. Ma petite grand-mère qui est partie maintenant, mais c'est elle qui avait trouvé la clinique, c'est elle qui avait tout organisé avec ce gentil médecin, complètement dépressif, mais qui me rassurait. Je déteste, d'habitude, les gens qui disent partie au lieu de morte. Partie où, on se demande. C'est nul, c'est ridicule, cette façon de mettre des gants, de la pudeur, comme quand on dit israélite pour pas que juif écorche la langue. Eh bien voilà. Je parle comme les idiots. Moi aussi, je dis partie. Mais j'ai tant de mal à m'y faire. J'ai pas pleuré le jour de son enterrement mais, plus le temps passe, plus je suis triste qu'elle soit partie et plus je la revois, ces semaines-là, à mon chevet, rieuse et grave comme elle était, rassurante, positive, c'est elle qui m'a sauvée, finalement.

Elle s'appelait Dinah, moi j'ai toujours dit Nanée parce que Maman c'était déjà pris, et encore, il y a des fois où je me trompais, est-ce que je me trompais d'ailleurs ou est-ce que je faisais semblant de me tromper, je l'appelais Maman, non, pardon, Nanée, j'avais cinq ans, je riais de m'être trompée, c'était les jours où elle m'accompagnait à l'hôtel où habitait papa et je lui disais au revoir Maman, non, Nanée, et j'éclatais d'un rire interminable.

Elle s'appelait Dinah, il y a tant de choses qui à cause d'elle ne me feront plus jamais rire, il y a tant de choses que je ne faisais qu'avec elle et que, sans elle, je ne ferai plus : je ne skierai plus jamais, je ne nagerai plus jusqu'à la pointe du Cap à Antibes, je ne prendrai plus de photos, je n'écouterai plus Ella Fitzgerald et Dizzy Gillespie, tu étais la seule grand-mère au monde avec qui on bronzait seins nus, tu te baignais toute l'année dans ta piscine, l'hiver elle faisait quinze degrés et tu te baignais quand même, je restais sur la margelle, avec ma tartine de Nutella, à compter tes battements de pieds, à cent je hurlais stop et je me sentais utile, j'étais contente de t'être utile. Et puis cette amande amère à l'intérieur du noyau de l'abricot dont on raffolait toutes les deux, tu me disais il paraît que c'est du poison mais si c'était du poison je serais morte depuis cinquante ans, tu n'avais pas peur du poison, tu te croyais immunisée contre la mort, quand tu es partie en Amazonie tu n'as pas voulu prendre de Nivaquine parce que tu te sentais plus forte que le paludisme, tu l'as chopé quand même et tu en as guéri, moi quand je suis malade je m'effondre.

Tu n'avais peur de rien, en fait, et tu as attrapé ce vilain cancer qui d'habitude ne touche que les hommes, je me suis mise à en vouloir à mort aux médecins, fallait bien en vouloir à quelqu'un, tu n'avais jamais fumé de ta vie, et tu étais si jeune, si en forme, jusqu'à l'âge de quinze ans je pensais sérieusement que tu avais trente-sept ans, oui, trente-sept ans c'était ton âge, tu n'en changerais jamais, et c'était pas grave si c'était presque l'âge de papa, c'était comme ça, ton âge pour la vie, comme ton prénom ou la couleur de tes yeux, c'est ta grand-mère ? elle a l'air jeune, quel âge elle a ? trente-sept ans, je répondais, et on devait me prendre pour une gaga. Tu venais tous les jours, toi. Tu m'emmenais boire un lait fraise au Sofitel au bout du boulevard de la clinique. Tu m'apportais le dernier épisode d'*Urgences* qu'on regardait au magnétoscope. Tu t'occupais bien de moi et, avec toi aussi, je faisais l'enfant sage.

Adrien, lui, est revenu le premier week-end. Je n'avais pas réalisé que c'était déjà le week-end, le temps passait sans passer, c'était comme une seule journée, ou une seule nuit, une nuit pleine de crampes et de haut-le-cœur, j'étais malade comme un chien. Il est arrivé à l'improviste, avec du chocolat, des cigarettes, un cendrier, de l'herbe, une photo de lui encadrée, une photo de nous où il se trouvait beau, du papier d'Arménie. Merci, merci, je lui disais pendant qu'il déballait ses cadeaux. Merci, ça me fait plaisir. Mais j'ai rassemblé toutes mes petites forces et j'ai couru comme Speedy Gonzales dans le cabinet de toilette me maquiller : du mascara, de la poudre, zut, ça met surtout en valeur les cernes, mettre du fond de teint, je n'ai pas pris de fond de teint, comment ai-je pu oublier le fond de teint ? je me mets à pleurer, toute seule, devant le miroir pendant que lui, à travers la porte, commence à me parler d'un dîner d'Importants qui aura lieu le dimanche d'après et où il aimerait que, exceptionnellement, je vienne, est-ce que je pense que ce sera possible ? est-ce qu'à mon avis je serai guérie ? et les gaffes, hein, est-ce que je promets d'essayer de ne pas faire mes gaffes habituelles qui lui bousillent toujours toute sa carrière ? non, non, je crie, je ferai pas de gaffes ; oui, oui, si je suis guérie je viendrai ; bon Dieu, il comprend donc toujours rien ? il a pas saisi que j'ai frisé l'embolie, que je suis là pour des semaines, peut-être des mois ? rezut, voilà mon mascara qui coule maintenant ! quelle idée, aussi, de mettre du mascara dans mon état ! je me frotte les yeux, je remarque un vilain pli d'oreiller qui me barre la joue, je le frotte aussi, ça fait partir la poudre, j'en remets une dose massive, maintenant ça fait des gros paquets c'est encore pire, et le pli d'oreiller qui est toujours là, s'il me voit comme ça il va me quitter, déjà que j'irai peut-être plus jamais à ses dîners, si en plus il me voit avec cette tête tout est foutu, heureusement je trouve ma paire de lunettes noires, elles ne sont pas grandes mais ça cachera au moins les yeux rougis, je reprends mon souffle, je me compose une mine sage et sereine, je me coiffe les cheveux vers l'avant pour cacher le maximum du visage et je sors du cabinet de toilette.

Je suis contente de le voir, bien sûr, mais un peu affolée aussi, de quoi est-ce qu'on va parler ? Je ne suis au courant de rien. Je ne m'intéresse plus à rien depuis des mois. La moindre émotion me fait fondre en larmes et je sais qu'il déteste que je pleure, il le prend toujours contre lui, pourquoi tu me fais ça, il me dit quand j'ai la grippe, pourquoi tu me fais ça à moi ? Et puis ces cinq minutes de préparatifs m'ont épuisée, j'ai la tête qui tourne, tout s'embrouille dans mon esprit, et je m'allonge sur le lit. Lui heureusement est debout devant la fenêtre, sans me regarder. Il restera une heure, comme ça, debout, et je crois que, pendant cette heure, pas une fois il ne m'a regardée : j'aurais pu aussi bien ne pas me maquiller finalement, avoir une morve au nez et mettre mes grosses lunettes de myope ! Qu'est-ce qu'on va se dire ? je me dis. Comment faire pour le rassurer un peu ? Je suis tellement angoissée et tellement dans les vapes en même temps que je suis pressée qu'il s'en aille : si j'avais eu du Dinintel, je crois que, rien que pour ça, j'aurais avalé la plaquette.

Lui pas. Je suis content de te voir, il me dit, j'en avais drôlement besoin, je vais mal, mon petit ours, j'avais besoin qu'on se parle et que tu me rassures. Merci, je lui répète, merci. Et il se met à parler,

parler, j'en viens même à me demander s'il n'a pas pris des amphètes lui aussi, mais non, à un moment où il quitte sa fenêtre pour vérifier si son téléphone est bien allumé, j'observe ses pupilles, elles sont pas trop dilatées, il est juste excité, peut-être que la situation lui plaît dans le fond, il ne sait plus où donner de la tête, il dit une chose et son contraire, que le regret n'a aucun sens mais qu'on aurait dû garder l'enfant, qu'il veut arrêter de fumer mais que ce serait la même chose que me quitter, qu'il est malheureux de vivre et qu'il aime la vie, que je ressemble trait pour trait à mon chat mais qu'il préfère les chiens, qu'il va écrire un roman, mettre de l'argent de côté, repasser l'agreg, relire *Adolphe*, il ressemble tellement à Adolphe. Je dis : non ! oui ? ah quelle bonne idée ! ouh là là tu es sûr ? Et lui continue, il marche de long en large dans la petite chambre comme quand il me faisait ses thèses à la maison, il tire frénétiquement sur sa cigarette, se passe la main dans les cheveux, se regarde dans le cadran de sa montre, et il repart de plus belle, pourquoi il hésite entre marxisme et ultralibéralisme, sa mémoire infaillible et douloureuse, ses souvenirs qui l'empoisonnent, sa tristesse, sa mélancolie, elle me dévore tu comprends, elle me consume, que rien n'est impossible à quelqu'un d'intelligent, que la France est décidément un pays ennuyeux, que le fait de me voir si paisible lui est aimable mais qu'il se sent seul, si seul, il va mourir tellement il est seul.

Je suis là, je lui dis, impressionnée quand même de lui voir les larmes aux yeux, et émue, et envie de le serrer contre moi si j'avais pas ces paquets de poudre sous les yeux et ce plomb au bout des bras, je suis là, je vais revenir vite, ils vont me refaire une santé explosive tu vas voir, et voilà que c'est moi qui sens l'envie de pleurer monter, car je m'aperçois, en les disant, que c'est exactement les mots que m'avait dits maman, il y a juste dix ans, pendant sa cure de désintoxication à elle. Mais Adrien n'entend pas, il ne s'aperçoit pas que je pleure, il ne me regarde toujours pas, ou me regarde sans me voir, je pourrais être shootée à l'héro, ou à la colle, ou être morte, ou lui tirer la langue, il a juste besoin d'un témoin, je suis là, clouée au lit, c'est pratique, alors il s'emballe encore plus, il explique qu'il déteste les univers névrotiques, qu'il est triste lui aussi mais qu'au moins il sait pourquoi, est-ce que je dois prendre ça pour moi ? est-ce que je dois répliquer que je sais pourquoi je suis triste, que je suis triste de lui avoir imposé ça, cette visite dans cette clinique, cette vie de cinglés, ces journées à dormir, ces nuits à chercher le sommeil, ces crises de nerfs, ces scènes de jalousie ? Mais je ne trouve pas les mots, tout se mélange dans ma tête, les idées meurent les unes après les autres, j'ai la bouche sèche et puis je comprends enfin que ce n'est pas de moi qu'il s'agit mais de lui, de lui seulement, et puis de son père déjà, du mystère qui les lie, de leurs vies qui se ressemblent, de leur intelligence de la passion, alors je le laisse soliloquer, ça a l'air de lui faire du bien, c'est moi qui suis malade mais c'est lui qui a besoin qu'on l'écoute.

Il dit encore que l'insomnie lui coupe les jambes, qu'il faut toujours s'en tenir au principe cartésien de compréhension du réel, qu'il faudrait changer les rideaux du salon, qu'il en a marre de voyager en seconde classe, si je lui pelais une orange, quel effet je crois qu'il a fait aux infirmières, il va aller voir le médecin de toute façon, ma femme il va lui dire, je veux savoir exactement les médicaments qu'on donne à ma femme. Au bout d'un moment, je cesse d'écouter. Un mot, une phrase me parviennent encore de temps en temps : neurasthéniquement actif... type formidable... conquérir l'univers... Jackie Chan... bouffer le monde... fendre l'armure... Swann Odette Charlus Agathe Godard... ongles en deuil... s'aimer quand rien ne nous en empêche... doute hyperbolique... désir coupable... cendre dans la bouche... Je décide de faire semblant de m'endormir et quand je me réveille il n'est plus là, il fait nuit, il est parti, il m'a laissé un petit mot sur le lit, gentil le mot, plein d'amour, un petit mot qui m'a donné envie de l'embrasser finalement, un petit mot si semblable au temps où on pouvait se parler, où on se comprenait, où je n'étais pas encore droguée et lui pas si vaniteux.

Le week-end suivant, pourtant, je lui ai demandé de ne pas revenir. J'ai prétexté une grippe carabinée, un virus qui avait contaminé tout l'étage. Ça fait rien, je suis vacciné ! Oui mais quand même, cette grippe-là est redoutable, ma voisine de chambre l'a attrapée malgré le vaccin, si j'étais toi j'attendrais le week-end prochain, c'est plus sûr. Il est revenu de temps en temps. Toute l'histoire a duré quatre mois. Il a fallu ce temps pour que je redevienne toute neuve, que j'aie plus besoin de quoi que ce soit ni pour me lever ni pour m'endormir, pour que mon corps soit fort, pour qu'il redevienne plus fort que moi qui avais peur, peur d'affronter le monde sans béquille, peur de ma bonne santé retrouvée, peur de recommencer, et il est venu pendant ces quatre mois, gentiment, chaque fois qu'il a eu un samedi de libre. C'est à ce moment-là que j'ai compris que quelque chose entre nous s'était défait, qu'il n'y avait plus vraiment d'« entre nous », que rien ne serait plus jamais pareil. C'est le moment où j'ai compris que ma maladie s'appelait aussi Adrien.

Tu t'attendais à quoi ? je lui ai dit. Tu crois que ça va être facile de me quitter ? Tu crois que je vais te laisser faire comme ça ? J'ai lancé le cadre par terre, le verre s'est brisé mais comme c'était pas assez j'ai bondi du lit et j'ai déchiré la photo, celle qu'il prétendait tant aimer, la photo de nous deux en mariés, beaux et légèrement ridicules, il y avait tant de monde qu'on ne connaissait pas à notre mariage qu'on est partis avant la fin.

Il a eu l'air triste, plus de la photo déchirée que du fait de me quitter. Il a toujours été fou avec les photos. Parfois je me disais qu'il n'aimait les choses de la vie que pour les voir un jour en photo. Moi c'est le contraire, rien ne me fait plus peur qu'une photo, rien ne me semble plus faux-cul qu'une belle photo de bonheur avec toute la quantité de malheur qu'elle promet, qu'elle contient, mais sans le dire, en cachant bien son jeu. Je ne savais pas encore que c'était la meilleure chose qui puisse m'arriver, qu'il me quitte. Comment j'aurais pu le savoir ? Il était toute ma vie, sans lui je n'existais pas.

Il portait des baskets neuves, ce soir-là. Il était allongé sur le lit, ses baskets neuves aux pieds. D'abord j'ai cru que c'était parce qu'il en était content, parce qu'il voulait les admirer et me les faire admirer, je ne savais pas que c'était pour partir, en courant, pour toujours. Pourquoi tu n'enlèves pas tes baskets ? j'ai demandé. Elles sont chouettes, mais il est deux heures du matin, t'as envie de faire l'amour avec tes baskets mon amour ? Non, il a dit, sans rire ni sourire, non, j'ai pas envie de faire l'amour avec mes baskets, j'ai quelque chose à te dire. Ah bon, quoi ? Je me suis pelotonnée contre lui. En rentrant de mon bureau, je l'avais appelé : tu as besoin de quelque chose ? Non. Du fromage, des Frosties ? Non. Parce que je vais aller faire des courses, il n'y a plus de Coca, ni de thé je crois, tu veux sûrement quelque chose ? Rien. Rien, t'es sûr, c'est dommage, car je voudrais bien te faire plaisir, moi. Alors, fais-moi plaisir, ne me rapporte rien s'il te plaît. Cette conversation m'avait sidérée. Il ne disait jamais non aux Frosties, d'habitude. Jamais non au fromage. Parfois on se levait la nuit, moi pour aller boire un verre de lait, lui pour se faire un sandwich, on se retrouvait dans la cuisine, ensommeillés, affamés, c'était parmi les moments que je préférais, quand il était décoiffé, tout nu dans le froid, France Info à fond pour écouter le résumé du match de foot. Mais là il ne voulait pas de fromage, rien, c'était la première fois, c'était bizarre.

Tu te souviens comme on se moquait, d'habitude, de ceux qui disent bon il faut qu'on se parle ? il m'a dit, couché sur le lit, ses baskets neuves aux pieds. Oui, pourquoi ? Parce qu'il faut qu'on se parle, là, c'est idiot mais il faut qu'on se parle. Il avait le menton qui tremblait, il avait l'air qu'il a quand il a une sale note, ou quand il s'est disputé avec son père, ou... Non, en fait, il n'a jamais eu le menton qui tremble comme ça, il n'a jamais eu cet air-là, et je lui demande, tout bas, au bord des larmes, en osant à peine poser la question, en n'osant pas entendre la réponse : il faut qu'on se parle, mais de quoi ? Et, comme il hésite : allez, allez, dis-le, je crie, debout soudain près de lui. Je viens de comprendre, en fait, et je le déteste d'avoir compris : dis-le ! dis-le ! La semaine dernière... (il tousse, il prend une cigarette, cherche du feu, n'en trouve pas, repose la cigarette)... la semaine dernière, tu portais ta robe verte, tu sais, celle qui fait se retourner les gens dans la rue et qui me rend toujours si fier, tu m'as dit ça y est, je suis guérie, je vais bien, je vais tellement bien qu'on va pouvoir enfin s'aimer bien, je n'ai plus peur que tu me quittes, tu t'en souviens ? Bien sûr que je m'en souviens, je pense : je me sentais si forte, ce jour-là, j'avais arrêté les amphètes depuis un an, je ne lisais plus son journal intime, je ne parlais plus en dormant, et c'est vrai que je n'avais plus peur qu'il me quitte, et c'est vrai que c'était une drôle de bonne nouvelle, ça voulait dire que la vie allait être plus légère, c'est tellement important la légèreté. Je ne réponds pas, pourtant. Je suis trop atterrée par ce que je suis en train de comprendre et c'est lui qui reprend : eh bien je pars, voilà, je m'en vais, c'est ça le truc que je voulais te dire.

Pourquoi, pourquoi ? je voudrais lui demander. Mais je ne demande rien du tout, je ne peux pas sortir un mot. Et c'est comme ça que je saute du lit et que je jette la photo, d'habitude c'est moi qui le quitte, il me court après dans la rue, c'est le jeu, on se bat, des coups de poing, des coups de pied, on est tout amochés, pleins de bleus, de bosses, mais c'est le jeu, je pars pour qu'il me dise ne pars pas, mais là c'est plus du jeu, il n'y a aucun doute que ce n'est plus un jeu, je n'ai aucune envie de le frapper, lui non plus, et quand je me rassieds sur le lit, les bras ballants, perdue, il essaie même d'être gentil, de me caresser un peu les cheveux, et moi je le regarde juste dans les yeux, sans comprendre : partir, mais partir où, pourquoi, c'est si bizarre ?

Adrien est parti sans que je comprenne, il est parti, c'est tout.

Je crois qu'il est quelqu'un de bien, malgré tout, Adrien. En dépit de tout, en dépit de lui, en dépit de tout ce qu'à tout le monde je répète, je crois qu'il est, malgré tout, quelqu'un de gentil et de bien. Quelqu'un de bien, ce type qui n'arrête pas de m'appeler, qui veut me parler m'expliquer, qui est parti mais qui voudrait que je sois encore là, au bout du fil ou de la laisse, et que je ne cesse pas de penser à lui ? Quelqu'un de bien ce coq qui vient me voir à mon bureau juste pour vérifier l'effet qu'il fait, si les têtes vont se tourner vers lui, si mes copines vont dire oh ! comme Adrien est ceci, comme Adrien est cela, personne n'est plus intéressant qu'Adrien ? On avait un jeu, avant. Il fallait qu'il arrive à passer devant un miroir sans se regarder. Il n'y arrivait jamais. Ça nous faisait rire. Je ne sais pas s'il y arrive, maintenant. Peut-être pas. Mais je me demande qui ça fait rire.

Il est si faible, en même temps. Si enfant. J'ai grandi, moi, je ne suis plus tellement une enfant, pas vraiment une femme, une ex-femme, plutôt, mais enfin j'ai grandi, et lui non, il a pas changé, il a fait tout ça par enfantillage, pas par méchanceté, par enfantillage, et c'est pour ça que je pense que c'est quand même quelqu'un de bien. Parfois je me dis qu'il a tout détruit, qu'il est devenu l'esclave de cette femme sangsue, qu'il a foutu sa vie en l'air, juste pour damer le pion à son père, juste parce qu'il pensait qu'il allait être, comme ça, à la hauteur de son père, et du mien, et de toute cette ronde de pères qui l'obsèdent, qui le rongent. Quand il était petit, il faisait des pompes comme un fou, tous les jours, en pensant au moment où il serait assez grand et assez fort pour casser la gueule au deuxième mari de sa mère. Là, c'est pareil. Il s'est mis avec Paula comme il faisait des pompes, juste pour montrer aux grands qu'il était aussi grand qu'eux, qu'il pouvait lui aussi avoir une femme au regard de tueuse. Et puis il aime trop plaire. Il tuerait père et mère juste pour le plaisir de plaire. D'ailleurs, il l'a presque fait, de tuer son père juste pour plaire à une sorcière qui supportait pas de voir un père et un fils s'aimer autant. Pauvre Adrien. Tomber dans un piège aussi bête.

Peut-être qu'ils sont heureux, finalement. Peut-être qu'ils s'aiment vraiment. Est-ce que ça me fait du mal, de l'imaginer heureux, loin de moi, avec elle ? Même pas. Même plus. Je préférerais, à la limite. Parce que quelle barbe quand il vient me parler de sa vie, de ses états d'âme, on dirait qu'il cherche un gué, un pont de son malheur à mon malheur. Moi non. Je veux pas de ça. Alors il reste le passé. Il me parle de notre passé comme si c'était mon avenir, en croyant qu'il va m'émouvoir et, quand il voit que je m'en fous, ça l'énerve, ça le rend fou, il ferme ses petits poings ou il fait le douloureux et ça m'énerve moi encore plus. Je ne me sens pas divorcée, je me sens veuve, veuve de cet homme qui n'a pas voulu de l'enfant qu'ensemble on avait fait. Ce n'est pas celui-là qu'il voulait. C'est pas avec moi qu'il le voulait. Il me disait mon petit ours, tu es mon petit ours, mais cet enfant il n'en voulait pas, on l'a fait ensemble et ensemble on l'a tué, tout ce qu'on a fait ensemble est mort. Soit il est parti avec tout ce qui, en moi, était à lui. Soit c'est moi qui ai tout jeté, une enveloppe vide, je suis devenue une enveloppe vide. Dans les deux cas, il ne reste rien.

Si, il reste la cigarette. C'est grâce à lui que je fume. Je suis si contente. J'adore fumer. Au début, c'était pour supporter les siennes. Surtout la dernière, qui me dégoûtait, il aimait fumer une dernière cigarette dans le lit avant de s'endormir et moi ça m'empêchait de dormir l'odeur du tabac froid dans ses cheveux, dans les draps, dans nos baisers, le lit comme un grand cendrier, maintenant ça ne me dérange pas, c'est Pablo que ça dérange, mais ça ne le dégoûte pas assez pour qu'il se mette à vraiment fumer, il fume juste quand il est en colère, c'est mieux. Je me disais c'est comme pour l'ail, faut être deux à en manger, Adrien fume, je fume.

Les premiers temps, j'avalais pas la fumée, j'avais l'air emprunté avec ma clope tenue entre l'index et le majeur – la main gauche bien sûr pour, m'avait dit maman, que la main droite sente toujours bon au cas où quelqu'un te ferait le baisemain. Elle a de ces idées, maman. Ça devait se faire le baisemain chez ses parents, dans leur vie d'avant, quand ils étaient de jeunes hobereaux bretons, distingués, un peu Fitzgerald sur les bords, avant qu'ils ne pètent les plombs, eux aussi, folie, épaves, elle et ses amants, lui en vieil excentrique. Pour mon mariage où, bien sûr, je l'avais invité, il m'avait envoyé une lettre : Madame, je n'ai pas l'honneur de vous connaître..., alors qu'on passait tous nos étés ensemble, dans sa caravane. Elle non, elle est restée amusante jusqu'au bout : je me rappelle cette carte postale que j'avais trouvée un jour en fouillant dans sa table de nuit, le type signait J. P., il y avait sa photo agrafée à la carte, il avait une bonne grosse tête de promoteur immobilier et il lui écrivait vous êtes la seule aristocrate capable de porter des dessous en dentelle noire.

Papa disait, quand j'étais petite, tes grands-parents maternels étaient maurrassiens, ils sont devenus les derniers hippies. Lui, mon papy hippie, se fâchait, ou faisait mine de se fâcher, répliquait qu'il n'était pas un hippie mais un médecin. Si, t'es un hippie. Mais non, Louise, mais non, et il m'expliquait la médecine de droite et la médecine de gauche, comment il était contre la Sécurité sociale parce qu'il fallait soigner les pauvres gratuitement, et que ça c'était aux médecins de le faire, pas à l'État, t'as lu Céline, non ?

Au début, donc, je ne savais pas très bien fumer, j'avais un air appliqué qui faisait rire nos copains. Je les vois plus, ces copains. Ils étaient notre bande de copains, ça n'a plus de sens de les voir sans Adrien. Ils m'ont appelée. Ils m'ont écrit. C'est trop bête, ils disaient. Mais je les ai rayés de mon agenda. Et puis j'ai changé d'agenda. Et puis j'ai changé de vie, complètement changé de vie et complètement changé de copains, à part Delphine mais Delphine c'est spécial c'est mon amie d'enfance, je ne leur dis pas bonjour quand je les croise, je finis par ne plus les croiser du tout d'ailleurs, ou alors je les croise mais je ne les reconnais plus.

J'étudiais le mouvement de la main des autres, les fumeurs de longue date, leur nonchalance, leur désinvolture. Je copiais leur mouvement devant mon miroir, ne pas trop arrondir les lèvres pour expulser la fumée, on ne doit rien voir, rien entendre, avec un peu d'entraînement on n'y verra que du feu, on croira que je suis née clope au bec. Au bout d'un mois je fumais comme une dingue, je n'ai jamais su faire les choses à moitié, j'allumais chaque cigarette avec le mégot de la précédente, je fumais dans les taxis, au cinéma, chez le médecin, dans les avions planquée sous mon siège avec la main en éventail juste deux ou trois bouffées je ne me suis jamais fait prendre, à la fac, dans mon lit, dans mon bain, les jours fériés, à l'enterrement de ma grand-mère. Fumer tue ? Ouais. Vivre aussi. Et trop dormir, et ne pas aimer, et être toute sèche à l'intérieur, et la rétention de larmes, et savoir qu'Adrien est dans ce piège. J'ai lu l'autre jour l'histoire d'un couple qui a fait l'amour devant tout le monde dans un compartiment de train anglais. Personne n'a rien dit. Quand ils ont eu fini, par contre, et qu'ils ont allumé une cigarette, là les gens se sont fâchés et ont tiré le signal d'alarme. Voilà, on en est là. C'est tout ce qui me reste de lui, la cigarette. Qu'est-ce qui me restera quand j'arrêterai ?

Ce qui est terrible, maintenant, c'est qu'on n'a plus rien à se dire. L'autre jour, par exemple. On se revoit par hasard, dans un café trop plein de monde, mais bon, c'est pas grave, j'ai pas envie que tu cherches un autre café, c'est le hasard, il n'y a qu'à s'asseoir là, près de la porte, dans les courants d'air, sous l'escalier que les gens prennent pour aller aux toilettes, tu veux quoi ? un café, et toi ? une bière.

Tu me dis Paula et moi, et les ex de Paula, et moi et les ex de Paula. Tu me dis mon fils, ma thèse, mon nouvel appartement, mon futur livre, mon émission sur Radio Machin, ces salauds de paparazzi qui salissent tout, ils nous traquent, ils nous pourrissent la vie, je ne sais pas ce qui me retient de leur casser la gueule. Et c'est juste des mots, des petits mots tout ronds comme des gouttes d'eau, glacés mais pas méchants, des mots qui ne me font plus rien, des mots d'une vie qui n'est plus la nôtre, les gouttes d'une vie qui ne ressemble plus à une vie, tu m'ennuies.

Je m'ennuie, ce jour-là, Adrien. On ne s'est pas vus depuis si longtemps, et je m'ennuie. Il ne faut pas que tu t'en aperçoives, je me dis. Ou peut-être que si, je ne sais pas. Dans le doute, pour être gentille, je dis ah oui, ah bon, oh dis donc. Et toi, tu crois que ça m'intéresse et tu y vas de plus belle, de plus en plus excité, avec tes histoires du ministre Truc et de l'acteur Bidule dont tu es si fier de me dire que tu es devenu le familier grâce à Paula. Tu me fais de la peine, tout à coup. Je te trouve mignon, enfantin, très Adrien Deume dans ta joie de côtoyer maintenant ces Importants dont avant on se moquait. Et puis ces gestes aussi, ces gestes neufs, cette manie que tu as maintenant de montrer les dents en soufflant la fumée de ta cigarette. Et aussi cette manie de regarder autour de toi en écarquillant les yeux, d'où elle te vient, cette manie ? à qui tu l'as piquée ? Rends-la s'il te plaît, rends-la vite, on aurait trouvé ça tordant, avant, si quelqu'un avait fait ça devant nous. Oh, et puis tant pis, ça non plus c'est pas grave, il n'y a plus de nous, nous n'existe plus, fais comme tu veux, garde tes gestes et tes manies. Tu me dis :

« Tu es libre...

– Hein ? »

Je pensais à tes gestes. Je me disais c'est toujours pareil, on sait qui les gens aiment, par qui ils sont impressionnés, dans quel bocal ils sont tombés, juste d'après un geste, un tout petit geste, qu'ils ont attrapé et qui ne les lâche plus. Je pensais à ça. Et, donc, je ne t'écoutais pas.

« Je suis libre, tu répètes. On est libres, tu es libre.

– Oui ?

– Oui. J'ai été tes vingt ans mais je ne t'appartiens pas, tu as été mes vingt ans mais tu ne m'appartiens pas.

– Non...

– Non. Tu n'appartiens pas non plus à ton père, tu n'appartiens à personne. »

Non, au secours, pas ça. Tu ne vas pas remettre ce mauvais disque. Les derniers temps, après la clinique et la désintoxication, c'était devenu une obsession, tu ne me parlais que de ça, mon père par-ci, mon père par-là, mes rapports avec mon père, comment il fallait que je me libère de mon père, comment tu allais m'y aider et que c'était même une sorte de mission que tu te donnais, tu as toujours eu un côté missionnaire, Adrien, ça fait partie de tes côtés gentils et là, voilà, c'était ta mission, tu faisais comme si Dieu t'avait mis dans ma vie avec mission de me détacher de mon père. Non mais de quoi je me mêle ? je me disais. Est-ce que c'est un tel drame d'aimer son père ? Est-ce qu'il va arrêter avec ses petites phrases perfides, ses questions pièges, ses sous-entendus acides qui sont censés me confondre, me faire prendre conscience de ma grave dépendance ? Un soir, on regardait *La Maman et la Putain* à la télé. Il trouvait le film nul et bavard. Moi j'étais fascinée. Brusquement il s'est levé, il a éteint le poste et s'est planté devant en me fixant d'un air mauvais.

« Je sais pourquoi tu aimes ce film, il m'a dit sur le même ton agressif que si j'avais recommencé à me droguer ou si j'avais jeté Doxa, son chat, par la fenêtre, tu l'aimes parce que Léaud, dans ce film, c'est le sosie de ton père.

– Je ne sais pas, j'ai répondu, peut-être, mais y a pas de quoi se rouler par terre, si ? où tu veux en venir ?

– T'aimes juste ce film à cause de ton père, c'est tout, voilà, c'est à ça que je veux en venir et ça me paraît assez énorme pour que tu prennes pas cet air innocent. »

Je n'ai pas su quoi répondre. Il avait sans doute raison, peut-être même que j'aurais pu l'admettre, mais ça ne me semblait pas très grave, alors que pour lui ça avait l'air d'un crime. J'ai secoué la tête, j'ai rien dit, et il est parti. Quand il est revenu, on n'en a pas reparlé, tellement c'était grave.

Est-ce que c'était de la jalousie ? Au début, bien sûr, je l'ai pensé. Je me suis dit il est juste jaloux de mes relations avec mon père. Je trouvais ça bête, il y a plusieurs sortes d'amour, il n'y en a pas une qui vaut plus que l'autre et il n'y a pas de quoi être jaloux, j'aime mon père comme toutes les filles du monde aiment le leur, bon, d'accord, un peu plus, et après ? Ensuite, j'ai pensé qu'il était jaloux, pas par rapport à moi, mais par rapport à lui, un truc de coq, une histoire de rivalité entre mecs, la vie, la réussite, la reconnaissance, tous ces machins dont je n'ai jamais très bien su quelle importance ils avaient pour papa, mais pour Adrien ça comptait tellement, il faisait le compte en permanence, ton père avait fait quoi, à mon âge ? et quoi encore après ? et moi et moi et moi ? Aujourd'hui, je ne peux pas m'empêcher de penser qu'un garçon qui, parmi les milliards de femmes qu'il y a sur la planète, va juste chercher celle qui est avec son père à lui, et la lui pique, a quand même un vrai problème avec tout ça.

Tu me regardes, tu attends une réponse, une réaction, ou peut-être pas, tu as juste lancé ces mots pour voir où ils tombent et comment. Eh bien ils tombent par terre. Ils tombent à plat. Je pourrais te dire non, je ne suis pas d'accord, je ne me sens pas libre, je ne veux plus être libre, ça me fait horreur d'être libre, être libre de quoi, de trahir, de tromper, de faire du mal, d'être seule ? Mais j'ai pas envie. Je ne les rattrape pas. Je te regarde juste avec ton air agité et tes drôles de gestes qui ne te ressemblent plus et dont tu dois te dire qu'ils vont impressionner les clients qui n'en ont rien à foutre de nous, en fait. C'était marrant, avant, de discuter avec toi. C'était marrant quand j'aimais tout de toi, toi en bloc, tes faiblesses, tes défauts, je les aimais aussi tes défauts, et j'aimais quand on discutait, j'aimais avoir tort contre toi, et raison avec toi, et t'embrasser, et te couper la parole pour lancer oh là là tu as la peau douce, et jouer au bébé, et jouer à l'adulte, et mettre un doigt dans ta bouche pendant que tu parlais pour t'énerver un peu, toucher tes dents, te retrousser le nez, te malmener, je t'appartenais, tu m'appartenais, tu le sais bien qu'on était comme ça. Là, j'ai plus envie. Je n'ai même pas de peine. Je voudrais bien, mais je ne peux pas, je te trouve trop assommant, presque risible, et puis je suis devenue un bloc d'égoïsme maintenant, rien ne se glisse entre moi et moi, ni la tristesse ni le malheur, je ne laisse entrer que le plaisir, oui, j'ai cette capacité-là, moi, de filtrer ce qui m'arrive, de choisir, j'ai choisi de ne pas être triste, ou quelque chose en moi a choisi pour moi, je ne sais pas, je n'ai pas envie de savoir, ça ne m'intéresse pas. Pourquoi j'ai demandé une bière ? Je déteste la bière.

Tu continues, tu parles encore, mais tout seul, dans ta barbe, car maintenant tu as de la barbe, quand on s'aimait, avant, tu n'avais que de la moustache et encore, à peine, quand tu ne te rasais pas au bout d'une semaine tu avais une petite touffe drue au milieu de quelques poils clairsemés, ça me faisait hurler de rire et tu riais avec moi, ploc, je disais en te la tirant, ça fait un petit ploc, et je riais, et tu riais avec moi, maintenant tu parles dans ta barbe, tu marmonnes encore quelque chose sur mon père, la lettre que tu lui as écrite à lui aussi, est-ce que je l'ai lue, ta lettre, est-ce que je veux la lire, tu as l'air si fier de lui avoir écrit cette lettre d'injures que tu voudrais me la faire lire et que tu es surpris que ça n'ait pas l'air de m'intéresser, pauvre Adrien, pourquoi tu leur en veux tant, à nos pères ?

« En fait, on est tout seuls, tu comprends. Seuls face aux vautours. Attention aux vautours, Louise, les vautours à visage humain. »

Je t'emmerde. J'ai envie, cette fois, de te dire : arrête je t'emmerde. Mais, même pour ça, on n'est plus assez proches. Je pouvais t'insulter, avant, puisque je pouvais t'aimer. Mais je ne vais pas t'insulter, comme ça, tout net, sans contrepartie d'amour.

Une fois, je me rappelle, à la toute fin, on s'était engueulés sur le foulard dans les lycées. Paula était déjà là. C'était la période intermédiaire entre ton père et toi. Elle dormait avec ton père la nuit, mais elle te voyait le jour, et elle te plaisait drôlement, et moi je le sentais. Je me maîtrisais. Mais je te voyais rire avec elle sur la plage, ou lui chuchoter des choses à l'oreille, je me disais c'est Terminator, il m'a dit qu'elle n'était pas une femme mais un Terminator, je vais pas être jalouse de Terminator. Nous, toi et moi, ce jour-là, on s'est engueulés sur le foulard. On était tellement pas d'accord et on criait tellement, j'avais tellement envie de te détester et que tu me rassures, que j'avais claqué la porte et que j'étais allée bouder à l'autre bout du champ. On était à Porquerolles. C'était l'été. Ce jour-là, bizarrement, tu n'es pas venu me chercher, peut-être parce qu'elle était là, et que tu la jouais fier. La nuit est tombée. Je te voyais t'agiter au loin, dans la cuisine, avec elle, et ton père qui ne se doutait de rien, et les autres. Vous aviez l'air bien content. Vous m'aviez complètement oubliée. J'avais faim. J'avais peur. Salaud, salaud, je pensais, je ne vais pas dormir là quand même, alors je suis revenue toute seule, penaude et couverte de piqûres de moustiques.

Tu me dis et toi ? Moi, quoi moi ? Vous vous disputez, j'espère, avec Pablo ? Non, je dis, pas tellement. Ah bon, parce que nous, avec Paula, on se fout sur la gueule tout le temps. Chouette, je dis.

Regarde, je dis aussi, histoire de dire quelque chose, j'ai un nouveau jean. Et toi regarde, tu me réponds d'un air soudain paniqué, mais je préfère encore ça que tes airs de nouvel Important, je commence à perdre mes cheveux. Montre ? Tu me montres, tu soulèves la mèche qui te retombe sur les yeux. C'est vrai que tu perds un peu tes cheveux, mais comment je dois réagir à ça ? Avant, quand je te connaissais par cœur, je savais qu'il fallait te rassurer te mentir te dire non c'est pas vrai tu perds pas tes cheveux. C'est comme quand tu me disais je suis trigonocéphale, touche, tu sens ? mon crâne n'est pas rond, il est bosselé, trois fois bosselé, heureusement que je ne suis pas chauve, t'imagines, je serais un monstre ! Ça m'amusait, avant, quand on était enfants, et qu'on s'aimait, et que tu ne serais jamais chauve. Mais maintenant ? Eh bien un jour, maintenant, tu seras chauve, mais d'abord tu seras dégarni, quelle horreur, dégarni, un mari dégarni, heureusement que je ne t'aime plus et que tu n'es plus mon mari.

Je ne sais pas quoi te dire. Je te dis c'est vrai, tu perds un peu tes cheveux mais ça te va bien, c'est joli. Tu me souris. Ou peut-être que ce n'est pas à moi que tu souris. Tu souris d'un sourire triste, et tes yeux se plissent, et des tas de petites rides comme des pattes d'araignée autour de tes yeux. Tu as vieilli, tu as vingt-sept ans et tu as vieilli, je ne l'aurais pas remarqué si on vivait ensemble, mais aujourd'hui je le remarque et c'est comme ça que je comprends qu'on est vraiment séparés. Toi aussi tu le comprends. Maintenant, tu viens de le comprendre. Et tu me souris, de ce sourire triste qui ne m'est pas vraiment adressé. Tu ne poses pas, aujourd'hui. Tu n'avais pas prévu cette rencontre, tu n'as pas répété et donc tu ne poses pas.

J'essaie, en te regardant, de te voir comme avant, avec mes yeux d'avant, quand tu n'étais pas encore mort. Tu as maigri. Ton visage est plus pointu. Ton nez est pareil. Tu disais : il est négroïde, en fait je suis noir, j'ai du sang noir, des narines pas verticales, regarde, elles sont horizontales. Et puis cette tache sur ta narine, ce petit vaisseau éclaté, je me souviens de cette tache, le seul défaut de ton visage, elle m'attendrissait, elle est toujours là, je la vois, mais tranquillement, calmement, la seule chose qui m'attendrit maintenant c'est de me souvenir que ça m'attendrissait, mais la petite tache, elle, ne m'attendrit plus. Tu es loin, tout à coup. Avant, c'est toi qui disais tu es loin tu m'aimes à quoi tu penses ? Maintenant c'est toi qui es loin, voilà, c'est comme ça. Tu vas bien ? tu me dis. Oui. Tu t'amuses ? Oui. Et Pablo, tu veux bien me parler de Pablo ? Te dire quoi, je te demande, tu veux que je te dises quoi ? Je ne sais pas, tu réponds, je ne sais pas. Que je n'ai plus peur ? qu'il ne veut pas, lui, que je sois quelqu'un d'autre ? que ça lui va ce que je suis ? que si je prenais des amphétamines, j'en étais quand même à douze par jour tu te rends compte, il le verrait, lui, tout de suite, parce que quand j'ai bu trop de café il le remarque, parce que quand on s'est rencontrés je prenais beaucoup de Xanax, à tout bout de champ, comme des cachous, et que j'ai arrêté sans vraiment le vouloir, sans l'avoir décidé, juste parce que j'oubliais, j'oubliais qu'ils étaient dans mon sac, dans ma poche, j'oubliais que j'en avais besoin, j'en avais plus besoin, tu vois, tu comprends ? tu veux vraiment que je te raconte ça ?

Bon, tu me dis, avec ce claquement de langue de quand tu te sens coupable, alors soyons amis, j'aimerais qu'on soit amis, juste amis, décidons ça. Ah non, je réponds, ça veut dire quoi être amis quand on s'est tant aimés, ça n'existe pas ce glissement-là, c'est même immoral de passer de ça à ça, c'est hors de question. Tu n'es pas d'accord, tu argumentes, tu dis Paula et ses ex, elle les voit tout le temps ses ex, j'ai envie de répondre qu'elle ne peut pas faire autrement, elle a couché avec la terre entière si elle ne revoyait pas ses ex elle ne verrait personne, mais je te dis juste qu'elle ne les a peut-être pas tous aimés comme nous on s'est aimés, tu dis c'est vrai, mais je ne suis pas juste une connaissance, je suis pas quelqu'un que tu croises par hasard et avec qui tu vas prendre un café, moi je tuerais pour toi, et même je me tuerais pour toi. Tu dis ça, et tu devrais être ému, et ça devrait m'émouvoir, mais ça ne nous fait rien, ni à toi ni à moi, parce qu'on sent bien, tous les deux, que c'est comme un texte appris par cœur, que tu n'es pas dans tes mots, c'est même incroyable comme tu es fat en disant ça, tu le dis d'une voix plate, sans accent, sans un pli.

« Non, bien sûr que tu n'es pas juste une connaissance.

– On devrait se voir plus, moi j'ai besoin de te parler.

– De quoi ?

– Je sais pas, te parler, juste te parler...

– On est libres, tu m'as dit qu'on était libres, eh bien on est libres de ne plus rien avoir à se dire, moi je n'ai plus rien à te dire.

– Mais je ne suis pas mort, quand même ! »

Il m'a serré le cœur, à cet instant. Il a eu l'air tellement affolé, apitoyé, à cette idée de lui mort, mais, au lieu de le rassurer, j'ai eu envie d'être méchante, je ne sais pas pourquoi, je m'en veux quand j'y repense, Nanée disait toujours les gens sont si gentils, il n'y a que nous qui sommes méchants : c'était pas vrai, bien sûr, elle était tellement gentille, mais moqueuse en même temps, espiègle, et énervée quand les gens ne sont pas à la hauteur, quand ils sont trop ridicules, je dois tenir ça d'elle.

« Justement si, tu es mort.

– Mais non, c'est moi, c'est moi, Adrien !

– Non c'est pas toi.

– Mais si c'est moi ! Je n'ai pas changé, pas changé à ce point !

– Pour moi tu as changé, puisque je t'aimais et que je ne t'aime plus. Je t'aimais et celui que j'aimais est mort.

– Mais ce n'est pas vrai que tu ne m'aimes plus, on ne peut pas cesser tout à fait d'aimer ! Ça n'existe pas !

– Si, on peut, moi je peux. »

Nos voisins de table sont partis, il y a une fille maintenant, j'ai déjà dû la croiser, elle me sourit, je ne lui rends pas son sourire, je m'en fous, je suis assise avec toi dans ce café où on s'est tellement engueulés, où on s'est tellement fait de promesses, où tu m'as serré le genou sous la table quand on ne s'était même pas encore embrassés, c'était là-haut, au premier étage, la dame de la caisse s'en souvient, elle fait comme si, elle fait celle qui, mais je vois bien, moi, qu'elle s'en souvient et que de tout ça il ne reste rien.

J'ai envie de te serrer dans mes bras, je te serre dans mes bras au-dessus de la table, au-dessus de ton café et de ma bière, et oui, cette fois, j'ai de la peine.

Je suis contente de mon tapis et de mon nouveau bureau. Avec Pablo, on est allés acheter des plantes sur les quais et, au passage, on a acheté le tapis et le bureau. Il a un goût, Pablo. C'est pas comme moi, il a un vrai goût et j'en profite. C'est formidable de vivre avec quelqu'un qui a un goût, ça facilite tout, ça rend léger, on sait ce qu'on veut, on y va droit, c'est comme si on était adopté par la vie, tout à coup.

On a failli aussi adopter un chien, un minichien très mignon avec de grands yeux humides, mais j'ai déjà trois chats et Pablo va beaucoup au cinéma et on n'emmène pas un chien au cinéma. On a acheté des pots de la terre et de l'engrais. On a planté, bouturé, fait des tas de trucs complexes, des gestes que je ne connaissais pas, que je n'ai faits qu'avec lui, des gestes neufs, sans souvenirs et sans fantômes, on a semé des volubilis, de la lavande d'été et d'hiver, des jasmins, des trèfles à quatre feuilles, si je connais les noms c'est à cause de Louis, l'ami de papa, c'est le roi des jardins, il connaît tous les noms de toutes les plantes, c'est l'une des personnes qui ont tout compris de cette histoire, tout de suite, mine de rien, à l'époque où j'allais si mal, et je l'écoutais, moi, parler aux arbres, et ça me rassurait drôlement. On est allés au cinéma ensuite. Et, quand on est rentrés, mes chats s'étaient servi des pots comme d'une litière, ils avaient déterré les racines et mangé les fleurs, un carnage, preuve qu'on aurait aussi bien pu acheter le chien.

Adrien, ça l'aurait fait hurler. Il aurait trouvé là une bonne raison de hurler et ensuite de geindre, contre la vie trop compliquée, trop injuste, toujours contre lui. Nous, on a crié un peu sur les chats, pour la forme, et parce que c'était drôle de les voir courir se cacher, tout penauds, comme s'ils se sentaient coupables, comme s'ils comprenaient, et puis on est passés à autre chose. Avec Pablo, on passe toujours à autre chose. Pablo prend la vie à bras-le-corps, tout est lutte, tout est défi, le monde se divise entre bouffeurs de vie et impotents qui passent leur temps à soigner leurs petits ulcères de l'âme. Réserver une place d'avion ou de corrida, acheter un ordinateur, téléphoner à l'EDF, lire un scénar, l'écrire, envoyer promener un gros metteur en scène plein de soupe mais minable, dire oui à un autre rôle où il y a, c'est comme ça qu'il parle, quelque chose de juste à défendre, il fait tout ce qu'il faut faire, au moment où il faut le faire, sans salades, sans embêter les autres. C'est pas un faiseur, Pablo, disait ma grand-mère qui l'aimait beaucoup. Il ne pose pas, il joue, et jouer, c'est encore ce que disait ma grand-mère, c'est très exactement le contraire de poser. Il fonce, tête baissée. Il est comme un taureau qu'il faut parfois divertir de sa cible, parce que, parfois, sa cible c'est le mur. Ça me plaît aussi, ça, en lui, ce côté corrida perpétuelle, taureau et torero en une personne, il n'a peur ni de lui, ni de la vie, ni des autres, ni de se faire mal, ni de tout ce qui m'empêche, moi, d'avancer. Avec lui, l'avenir c'est maintenant. Ce qui compte, c'est la course, c'est ce qu'il dit toujours : ce qui empoisonne l'existence, c'est de trop penser à la ligne d'arrivée, on aura bien le temps d'y penser après, quand on aura perdu, ou quand on ne pourra plus courir.

J'adore courir avec lui. Il a l'énergie de ceux qui savent que le temps est compté mais qui n'en font pas non plus toute une histoire. Il court sur les battements du cœur, mais un cœur qui change de rythme tout le temps, sans s'annoncer, par surprise. Je n'aime pas trop les surprises, en général. Je préfère les habitudes. Mais je m'adapte à ses surprises à lui. Je me fais à ses embardées. Pas le temps il dit, on n'a pas le temps d'avoir de la peine, pas le temps d'être triste ni d'avoir peur, le danger est passé, tu vois, on l'a échappé belle mais on est passés, on a juste le temps de s'aimer et de s'embrasser. En dormant il donne des coups de pied aux chats, il m'embrasse, il demande où on va où on va, le matin il a oublié ce qu'il a dit pendant la nuit, il est tout de suite combatif, il rit aux éclats, il se soucie immédiatement de moi, ça va ? tu veux tes lentilles ? et il se lève sans s'appesantir ni se retourner, ce n'est pas de la fuite, il n'y a rien à fuir, le passé on s'en fout, le passé n'a qu'à suivre, il suit. Je serai peut-être à bout de souffle avant lui, mais au moins j'aurai couru. C'est lui, maintenant, mon amphétamine.

Il m'appelle Chatchkoï, je ne sais pas pourquoi ni ce que ça veut dire, quand je le lui demande il ne répond pas, il rit, les lèvres retroussées sur les dents, il rit, et moi je ris aussi. Quand on s'est rencontrés il n'avait pas d'argent, moi non plus à cause du divorce et de tout l'argent qu'Adrien disait que je lui devais et qu'il me réclamait et moi je faisais la morte et j'étais triste qu'on en soit arrivés là, qu'on n'ait plus que ce lien-là, lui aussi je crois, mais alors pourquoi il arrêtait pas, pourquoi il en parlait tout le temps ? On n'avait plus un rond, toujours est-il, ni Pablo ni moi, et papa, pensant pour une fois qu'il était temps que je me débrouille un peu, m'avait lui aussi coupé les vivres. Ne me blase pas, papa, je lui disais quand j'étais petite et qu'il me faisait trop de cadeaux, des jouets jusqu'au plafond, des razzias chez Agnès b., des hold-up à la Fnac, et ensuite quand il m'emmenait chez un ami grand couturier essayer les plus belles robes du monde. Ne me blase pas, c'était mon leitmotiv, parce que j'étais plus raisonnable que lui et que je savais qu'à force de gâter les enfants on finit par leur émousser le désir. Eh bien, là, ça y est. Il avait fini par recevoir le message, on dirait.

Il ne voit pas le temps passer, mon papa. Il n'a pas vraiment saisi que je n'ai plus douze ans et que le temps de l'éducation est passé. Louise, il m'a dit, j'ai décidé d'arrêter complètement de te blaser. Il m'a blasée encore une fois, faut être honnête, quand il m'a pris, après la clinique de désintoxication, le superabonnement à la superpiscine. Mais ç'a été la dernière fois. Et c'est ainsi que Pablo, quand il a saisi dans quelle dèche on était, m'a dit : tu connais les pâtes au thon ? je vais te faire des pâtes au thon, tu vas voir c'est délicieux, il faut des pâtes et du thon, ou du thon et des pâtes, les riches ne savent pas ce qu'ils perdent. Ensuite, quand il en a gagné, de l'argent, on a fait du risotto aux truffes, invité plein d'amis, acheté du très bon vin. Les pauvres n'ont qu'à être riches, il a dit, je le suis bien, moi. Mais non. Il ne le pensait pas. Ni que les pauvres n'avaient qu'à être riches ni qu'il était devenu riche, et la meilleure preuve c'est que, le mois suivant, il n'avait plus rien et il m'a emmenée à Melun en RER chez des copains. C'est comme ça la vie avec lui, c'est brusque, on ne coupe pas les cheveux en quatre, on ne geint pas, on a mieux à faire, on le fait. La vie c'est le mouvement, c'est la danse, c'est aller du chaud au froid, sans transition, sans passer par le tiède. La vie c'est parfois le chaud et le froid en même temps, mais c'est jamais le tiède. Parfois quand même je dis pouce, j'ai un point de côté, attends un peu. Il attend. Il piaffe. Il trépigne. Il fait autre chose en même temps, mais il attend. Je ne suis plus un petit ours, ouf.

J'étais contente, à la piscine. J'étais la seule, je crois, à venir en métro, et à venir tous les jours. Je nageais, longtemps, tout à la caresse de l'eau, dans une piscine tiède, l'eau était molle, il y avait de la musique au fond, je ne pensais à rien, je glissais, je donnais des coups dans l'eau, tiens, prends ça, des coups de pied, des coups de poing, je ne sais pas contre qui je me battais mais je me battais, longtemps, des heures, j'en sortais épuisée, les cheveux décolorés, presque verts à cause du chlore, les yeux frits mais en bonne santé. Parfois, dans la piscine, il y avait des dames bien coiffées, avec des bijoux, qui agitaient un peu les bras et les jambes mais qui se plaignaient quand je les éclaboussais, faut pas exagérer, c'est pas parce qu'on est dans une piscine qu'on doit accepter d'être mouillé, alors j'allais courir sur un tapis, ou monter un escalier qui ne mène nulle part, j'aimais l'idée, avant je prenais douze amphètes par jour, maintenant je faisais trois heures de sport. J'étais obligée d'arrêter quand j'avais vraiment trop envie de fumer. Et, quand j'avais vraiment trop envie de fumer, je prenais une douche luxueuse, avec des échantillons de savon, des onguents, des huiles au caviar et des serviettes de bain si douces et si blanches qu'à mon avis ils les lavent pas ils les jettent.

Un jour j'ai invité maman, on a piqué six serviettes, en deux semaines elles sont devenues rêches et grises, peut-être parce que j'ai gardé l'habitude de tout laver à 90°, les draps les jeans les pulls, moi : tout bouillir, tout récurer, tout est tellement dégueulasse. Maman a nagé dix minutes, puis elle s'est installée au bar, a fait copine avec une dame sans âge, coiffure comme un lampadaire, gentille, petits rires, petite toux, et ensemble elles ont sifflé huit bières. Maman était tout le temps fatiguée, à cette époque. Elle disait la pollution, elle disait Tchernobyl, elle disait l'âge le travail les oligo-éléments. Elle ne savait pas, je ne savais pas, les médecins ne savaient pas, que c'était son cancer, stade trois, trop tard pour éradiquer la tumeur, le sein tout entier était devenu une tumeur.

Pablo, je crois, ne sait pas pour le vide en moi. Peut-être qu'il le sent, peut-être que c'est pour ça qu'il insiste tellement, viens, viens, je veux t'emmener avec moi, dans mon monde à moi. Louise, tu aimes la campagne ? Je réponds non, sans réfléchir, parce que je ne connais pas la campagne. C'est pas grave il dit, tu vas voir ce que tu vas voir, on part à Arles, quand, là tout de suite, à l'instant même, le présent. Je m'achète des bottes, un imperméable, *Les Frères Karamazov*, un Aspivenin, c'est ça l'idée que je me fais de la campagne : cueillir des champignons, la pluie, la boue, les serpents, l'ennui. Et nous voilà dans le train, le paysage est sec, ça ressemble au Maroc, je me demande pourquoi je me suis acheté des bottes, mais ça ne fait rien, ça me plaît, j'aime ce que je vois à travers la vitre, je suis contente, je le lui dis, il sourit, il me prend dans ses bras, je me laisse faire, je souris aussi.

Le problème, dans ce genre d'histoire, c'est la rééducation. C'est réapprendre à aimer, à rire, à sentir, à sortir, réapprendre tout, comme une grande brûlée, ou une paralysée, ou l'amnésique de ce film de Hitchcock à qui il avait fallu refaire une mémoire. Je sais maintenant que la campagne c'est voir des taureaux, monter des chevaux, chanter à tue-tête dans un bistrot. Je sais que j'aime bien la campagne, finalement, avec Pablo. Je sais que la vie ça peut aussi être prendre un train, porter un pull jonquille, manger sur une table de cuisine, me blottir dans les bras d'un garçon qui me dit ma chérie mon Chatchkoï en m'endormant. Il voudrait qu'on achète une maison en Camargue, là, maintenant, tout de suite. Il voudrait qu'on ait un enfant, là, maintenant, immédiatement. Je devrais être bouleversée ou stupéfaite, je ne suis ni bouleversée ni stupéfaite. Je cherche dans le silence en moi, j'écoute, j'ausculte, hé ! coucou là-dedans quel effet ça fait un garçon qui vous dit je veux un enfant de toi, maintenant, tout de suite, immédiatement ? Rien, toujours le vide, je ne suis toujours pas tout à fait guérie et, donc, je lui dis on verra. On verra quoi ? On verra. Je sais que demain, ou tout à l'heure, il n'y pensera plus ; je sais qu'il veut les choses sur l'instant, plus que tout, mais quand l'instant est passé c'est passé et je sais qu'il suffit d'attendre. Sauf que là je me suis trompée : le lendemain il a oublié la maison en Camargue, mais il n'a pas oublié l'enfant.

Un enfant. Il veut un enfant. De moi, un enfant. De moi qui suis une ex-femme, qui ne mets plus de robe, ni de rouge à lèvres, ni de jolies chaussures, ni de colliers, de bracelets, d'accessoires de fille, de moi qui n'ai plus de règles depuis sept ans, depuis l'enfant mort en moi.

Alors, on est prête ? m'a dit le médecin. Je n'ai pas répondu, j'ai souri et, dans mon sourire, il a choisi ce qu'il voulait : il a choisi oui, je suis prête. Mais, dans le fond, je n'en savais rien. Je voulais ce qu'Adrien voulait. Le médecin m'a fait une piqûre dans le ventre qui s'est mis, très vite, à enfler. En dix minutes, j'avais le ventre d'une femme enceinte de neuf mois. Le ventre prêt à accoucher, mais à accoucher de l'enfant mort. Dans les chambres à côté de la mienne, des cris de bébé, des odeurs un peu écœurantes, aigres, des odeurs de lait et de vomi.

C'est un joli petit garçon, avait dit l'autre médecin,

le salaud, à l'échographie. Il savait qu'on ne voulait pas savoir. Il savait qu'il fallait que ça reste abstrait, médical, une formalité, comme on enlève une verrue un grain de beauté un kyste. Il fallait pas que ça existe, il fallait que ce ne soit rien de plus qu'une verrue un grain de beauté un kyste, et il a eu le culot de nous dire, en nous montrant les images grises sur un écran, c'est un joli petit garçon. Nous on ne regardait pas. On regardait le plafond. Même entre nous, on ne se regardait pas.

C'était un joli petit garçon, mais on n'en voulait pas. On est trop jeunes on disait d'une seule voix, la sienne en fait, moi je venais de publier un roman, je ne me trouvais ni trop jeune ni pas trop jeune, j'avais vingt ans, le même âge que maman quand elle était enceinte de moi, elle aussi on avait dû lui dire qu'elle était trop jeune, mais elle m'avait gardée, elle. Adrien ne voulait pas d'enfant. Pas encore. On a le temps, il disait, on a le temps. Le temps de quoi ? Le temps de ne plus s'aimer, le temps de se séparer, le temps de se quitter, le temps de faire cet enfant avec une autre, le temps de lui donner le prénom qu'on avait choisi ensemble. C'est pas celui-là qu'il voulait. C'est pas avec moi qu'il le voulait. J'étais pas encore droguée, il n'y avait pas encore le vide en moi, le flottement. Mais quand même, c'était pas le moment.

Le salaud nous a tendu un dossier avec les premières photos de notre enfant, notre enfant qui n'aurait jamais d'autres photos, notre enfant qu'on allait jeter à la poubelle. Je croyais les avoir détruites, les photos. Je les ai retrouvées, l'année dernière, juste après le départ d'Adrien. Il est parti presque sans rien, avec un chat, l'ordinateur, ses baskets neuves. Alors j'ai dit à la femme de ménage qu'elle pouvait se servir et j'ai appelé Emmaüs pour me débarrasser du reste, tout le reste, mes jupes, ma robe de mariée, le canapé, la télé, les rideaux, les cadeaux de mariage mais aussi ses costumes, ses chaussures, ses livres, tout son bordel bien rangé bien soigné dont j'avais décidé qu'il n'aurait plus besoin là où il était, dans sa nouvelle vie avec la nouvelle femme de sa vie de connard. Emmaüs a laissé les photos.

L'autre médecin, pas le salaud, le plutôt gentil car il fallait être drôlement gentil pour accepter d'avorter une dingo enceinte de cinq mois qui s'était aperçue de rien, m'a donc fait la piqûre dans le ventre, puis l'autre dans le dos qui s'appelle une péridurale et qui m'a mise dans les vapes. J'ai pleuré un peu, pour la forme. Mais je n'ai pas eu mal. J'ai plongé dans un état de torpeur bizarre qui a duré je ne sais plus combien de temps, vingt-quatre heures on m'a dit, vingt-quatre heures de la vie de ce fichu ventre qui, malgré la piqûre, ne se décidait pas à dégonfler. Je ne me souviens de rien. Je me rappelle juste l'infirmière qui venait tout le temps surveiller mon ventre d'un air sévère. Et le bruit des pas du médecin qui venait voir, lui aussi, toutes les heures, si je le lâchais oui ou non mon bébé mort. Et la voix d'une femme dans la chambre à côté criant j'suis pas morte j'suis pas morte et puis plus un mot du tout, plus un bruit. Et c'est pour ça que mon dernier vrai souvenir c'est celui de ces photos, et de nous les yeux au plafond dans le cabinet du salaud.

Car j'en ai mis du temps à comprendre que j'étais enceinte. J'avais grossi. Je prenais des gélules ventre plat, je faisais des exercices d'abdominaux, je trouvais que j'avais des gros seins, comme maman, les mêmes que maman, j'étais fière de mes nouveaux seins, mais quand même je me trouvais un peu grosse du ventre, plus qu'avant. Je devais faire des photos pour la sortie du livre, j'étais serrée dans mes vêtements, j'avais des joues toutes rondes, comme une enfant, j'avais l'air plus jeune que mes vingt ans, c'est bon pour la promo, avait dit l'attachée de presse : et mes seins énormes, c'est bon pour la promo ? j'avais rigolé.

Je rigolais mais je me demandais quand même si j'allais rester comme ça pour toujours, si c'était un changement définitif, si ça voulait dire que j'étais devenue une femme, ou si c'était autre chose, si c'était encore plus grave que ça. D'un côté, ça me plaisait d'être devenue une femme : depuis le temps ! Mais, d'un autre côté, c'était bizarre : une femme n'a pas de petit bedon de bébé, disait Adrien en me caressant le ventre, le soir, dans notre lit, tu joues les femmes fatales mais t'as toujours un bedon de bébé, je pensais qu'il avait pas tort, et j'aimais pas l'idée, ça m'inquiétait.

Je suis allée voir un acupuncteur qui m'a planté des aiguilles partout après m'avoir demandé si j'avais du sang dans les selles. Du quoi dans quoi ? Ah non. Le lendemain, j'étais toujours un peu grosse. Ça ne marche pas, l'acupuncture, j'ai dit. Ensuite, un autre médecin m'a cloué une agrafe dans l'oreille, avec une sorte de pistolet, même pas mal, pour calmer ma boulimie. Je ne suis pas boulimique, je lui ai dit, un peu compulsive peut-être, mais pas boulimique. Oui, oui, c'est 500 francs. Adrien adorait mes nouveaux seins, mais je trouvais quand même la situation de plus en plus bizarre et je suis allée voir un hypnotiseur : vous n'avez pas faim, vous vous sentez détendue, les aliments gras et sucrés vous dégoûtent, 600 francs. En sortant je me suis acheté un panini au fromage et un pain au chocolat : il est nul cet hypnotiseur, j'ai pensé, avec mon petit bedon qui dépassait de mon tee-shirt.

Je suis passée à la télé, chez Pivot, j'ai vomi au maquillage. Tout le monde a cru que c'était l'angoisse, et moi aussi, du coup, et ça m'a vraiment angoissée. Pivot m'a demandé pourquoi je n'avais pas pris un pseudo, vu que mon père aussi était écrivain. J'ai répondu un truc du genre on peut changer de nom quand on s'appelle Pivot, on ne change pas de nom quand on s'appelle Lévy (c'est mon nom, Lévy, vous pouvez l'admettre) et, dès l'émission finie, j'ai couru aux toilettes vomir encore un coup. Toujours l'angoisse, a dit tout le monde. Louise est angoissée, Louise est émotive, c'est le méchant Pivot qui avec ses questions l'a bouleversée.

Je me sentais fatiguée, tout le temps, drôlement plus que d'habitude, alors je suis allée voir un médecin normal. Je suis fatiguée et j'ai grossi, j'ai raconté, est-ce que vous avez une explication ? Il m'a dit je vous ai vue à la télé, ce que vous avez dit sur votre nom c'était fort, très fort, la communauté l'oubliera pas, et il m'a prescrit de l'Isoméride, un coupe-faim qui m'a coupé la faim, ça marchait bien ; et puis du Guronsan qui m'a donné une pêche d'enfer, j'étais contente de ça aussi ; et puis des tisanes drainantes au goût atroce, mais il fallait bien ça, il m'a dit, pour que le traitement soit efficace. J'ai maigri très vite, de partout, sauf du ventre et des seins.

Je suis retournée le voir. Il m'a demandé si je prenais la pilule. Non, mon fiancé ne peut pas avoir d'enfants. Il est juif votre fiancé ? il m'a demandé.

J'ai répondu oui, mais je ne vois pas le rapport. Il est juif et il ne peut pas avoir d'enfants, comment ça se fait ? Je ne sais pas, moi, c'est lui qui me l'a dit, il ne peut pas, c'est tout. Et vous, vous avez vos règles normalement ? Non, bien sûr que non, j'ai jamais eu mes règles normalement, elles viennent quand elles veulent, parfois tous les mois, parfois pas. Et là ? Là non. Depuis combien de temps ? Je ne sais pas, longtemps je crois. Il faut consulter un gynécologue dans ce cas. Pourquoi ? Parce que si vous grossissez comme ça, c'est peut-être un dérèglement hormonal, il va vous examiner, vous faire faire une prise de sang, de toute façon il faut consulter un gynécologue tous les six mois. J'ai dit d'accord et je suis allée voir un ostéopathe, qui m'a considérée longuement en faisant osciller un pendule au-dessus de mon ventre. Je sens une déficience au niveau de l'aminotransférase, il m'a dit. Ah bon, qu'est-ce que je dois faire ? Rien, c'est 700 francs.

Je prends rendez-vous, à ce moment-là, pour la première fois depuis trois ans, chez ma gynécologue. Elle habite le même immeuble que moi. J'étais souvent allée la voir, avant, à l'adolescence, quand j'avais des bouffées d'angoisse et que je n'avais pas de seins : j'étais très maigre, avec des lunettes et une frange, je n'avais pas de seins et je ne plaisais pas aux garçons. Elle était gentille. Elle ne m'auscultait pas. Elle me rassurait : c'est parce que vous faites beaucoup de danse, c'est souvent comme ça les danseuses. Oui enfin, je ne suis pas à l'Opéra de Paris non plus, je fais de la danse comme on fait du tricot, c'est juste un hobby. Oui, mais ne vous inquiétez pas, je suis à peu près sûre que c'est la danse. Je m'inquiétais quand même, et puis, à dix-sept ans tout est venu d'un coup : en un an j'ai eu mon bac, mes règles dégueulasses et des seins, j'étais fière, comme si j'étais la seule du lycée à en avoir, je marchais très cambrée, seins propulsés en avant, je plaisais enfin aux garçons, et j'ai rencontré Adrien, et j'ai quitté l'enfance, le bon cocon de l'enfance, toute contente, ravie, la vie devant moi, la belle vie qui commençait, fleur au fusil.

Je retourne donc voir, pour la première fois depuis trois ans, la gentille gynécologue. Elle me demande cette fois de me déshabiller. Je peux garder mon tee-shirt ? Je vais d'abord voir vos seins, et puis vous le remettrez. Oh là là mais ils sont énormes, ces seins, elle me dit. Oui, je suis contente, je réponds en rougissant sûrement et en remettant mon tee-shirt. Elle me regarde d'un drôle d'air. Ben quoi, c'est plutôt normal d'être contente, je reviens de loin ! Je vais vous examiner, elle dit comme si elle ne m'entendait pas. J'enlève ma jupe, mes chaussures, ma petite culotte, je m'assieds sur l'horrible chaise, genoux joints, est-ce qu'elle va me faire mettre les pieds dans les étriers, est-ce que j'aurai le courage de ne pas pleurer, la dernière fois elle n'a pas pu m'ausculter, j'étais au bord de la crise de nerfs, je gigotais dans tous les sens, je pleurais. Mais non. Elle ne dit rien. Elle fixe juste mon ventre. Au bout de cinq minutes, enfin sûrement moins mais ça me fait l'effet de cinq minutes, elle me demande si j'ai un fiancé. Oui, on va se marier. Alors écoutez, je vais vous examiner cette fois mais je n'en ai pas vraiment besoin, je peux vous dire que vous êtes enceinte, cinq mois à vue de nez.

Je me suis laissé ausculter sans rien dire, en retenant mon souffle, terrorisée. C'est pas possible, je dis. Enceinte de cinq mois, sans s'en être aperçue, c'est vrai que c'est à peine possible, elle répond, en trente ans de carrière je n'avais encore jamais vu ça. Non, je dis dans un souffle, ce n'est pas ça que je veux dire, ce n'est pas possible parce qu'il m'a toujours dit qu'il était stérile. Et comment donc le sait-il ? Je ne sais pas, mais il le sait, ça le fait même pleurer, parfois. Eh bien qu'il arrête de pleurer, vous allez être maman, il va être papa, qu'il arrête de pleurer. C'est pas possible, je répète en me rhabillant, vous vous rendez pas compte, il prépare l'agreg, il va pas être content du tout. C'était vrai : quand je lui apprendrai la nouvelle, il sera content de ne pas être stérile, mais il ne sera pas content du tout à la perspective d'avoir un enfant, là, dans quatre mois.

La situation est compliquée. D'un côté, donc, pas possible d'avoir un enfant, l'agreg, l'agreg, l'agreg. Mais, de l'autre, à cinq mois de grossesse, pas possible non plus d'avorter, même en Suisse, même en Angleterre, même sur la Lune, pas possible, trop tard, absolument interdit, respect de la vie, criminel. Alors, après avoir remué ciel et terre, j'obtiens rendez-vous avec un médecin, copain d'un copain d'un copain de la mère d'Adrien. Il me dit qu'il comprend très bien, l'agreg tout ça pas le moment, et il accepte le principe d'un avortement thérapeutique. C'est quoi thérapeutique ? C'est pour les femmes inaptes, dingos, ou pour les fœtus mal formés. Ah bon, je dis, il avait l'air bien en forme, pourtant, le fœtus, sur les photos. Mais j'ai plus vraiment le choix, et je n'insiste pas. Adrien demande quand même s'il y a des risques, si on pourrait avoir un autre enfant un jour. Bien sûr, bien sûr. Bon, on dit. Dans ce cas, rendez-vous dans une semaine. D'accord, merci. Pas de quoi. Résultat, on n'a pas eu d'enfant et Adrien a raté l'agreg.

Depuis, je prends la pilule tous les jours. Vraiment tous, même les jours où il faudrait s'arrêter pour avoir ses règles. Moi, je ne m'arrête jamais, et depuis sept ans je n'ai plus mes règles. Moi, depuis sept ans, tous les matins, avant de mettre mes lentilles, avant de savoir quelle heure il est, quel jour on est, qui je suis, où je suis, qui dort à côté de moi, je prends la pilule et, comme ça, je n'ai plus jamais les règles dégueulasses des femmes dégueulasses qui ont des enfants et les seins qui gonflent. Il aurait sept ans, maintenant. Il s'appellerait Aurélien, et il aurait sept ans.

Quand je suis très énervée, et je le suis souvent, je dis c'est mes règles, c'est à cause de mes règles, aussi fièrement qu'à treize ans, quand je laissais dépasser de mon cartable une boîte de Nana invisibles pour faire croire à mes copines que, moi aussi, j'étais une femme.

On ne se connaît pas depuis longtemps. Un mois, peut-être un peu plus. Il n'arrête pas de me parler de faena, de muleta, de descabello, de lidia, de mano a mano, de Dominguin et Ordonez, Christian Dedet et Jacques Durand. J'écoute un mot sur trois, en général. J'aime les sonorités de sa voix et l'accent qu'il prend pour parler de ça. Quand je n'écoute plus du tout, je le regarde, ses pupilles plus sombres comme s'il se mettait à sécréter sa propre amphétamine, sa mâchoire d'homme en colère, son nez qui se met à frémir, il me semble que sur le bateau, déjà, il me parlait de corrida. Il mimait le torero, reins creusés, regard orange mécanique, toro ! toro ! en agitant sa serviette, oui, c'est sûr maintenant, sur le bateau c'est de corrida qu'il m'a parlé.

Un matin il me réveille aux aurores, me descend une petite valise du placard que je remplis au radar, me met dans un taxi, et on se retrouve à Orly.

Qu'est-ce qui se passe ? j'ai envie de lui dire, où on va ? mais je ne le fais pas, je me tais, j'aurais bien trop peur de l'offenser vu que c'est apparemment archi-prévu, je n'ai pas dû faire attention mais ça n'a pas l'air d'être une surprise, ça a l'air qu'ont les choses planifiées de longue date et donc je fais celle qui sait et ne demande rien.

Dans l'avion je lis, en somnolant, *Les Bébés de la consigne automatique*, un roman traduit du japonais qui parle d'enfants tueurs qui déciment Tokyo au lance-roquette et dont maman m'a dit le plus grand bien. Ça m'a fait penser à toi, elle m'a lâché de l'air pénétré qu'elle prend quand elle évoque mes toutes premières années, quand on habitait encore ensemble elle et moi. Pourquoi ? Mystère. Mais tant pis. Je fais semblant de lire et ça m'occupe. Pablo, lui, termine les *Mémoires d'Hadrien*, beaucoup plus chic. Je suis un peu jalouse. Je lui propose même d'échanger, mais timidement, sans insister et, de toute façon, il n'y songe pas, plus tard, plus tard, il me dit, sans me regarder, en cornant bien toutes les pages. Deux heures plus tard, on est arrivés et on pose nos valises à Madrid, dans un ancien bordel transformé en hôtel, avec miroirs au plafond et colonnes en stuc. Puis, cinq minutes après, même pas le temps de prendre un petit bain, on n'est manifestement pas là pour rigoler, on resaute dans un taxi et en avant pour les arènes.

Beauté de ce quartier de Las Ventas. Effervescence des gens. Pablo très excité, presque ému, je sens comme un frisson en continu qui le traverse de la racine des cheveux à la plante des pieds. Il faudrait que je sois à la hauteur, je me dis. Il faudrait suivre, ne pas décevoir, il faudrait me laisser gagner par l'euphorie générale, la poussière, le soleil. Alors, je le regarde, lui, Pablo. Je me colle à lui. J'embrasse sa barbe naissante, une veine bleue qui palpite sur la tempe, sa main. Ça devrait pas être si difficile à la fin. Il faudrait juste arriver à bien capter son frisson. Je prie. Je supplie. Je me dis, pensant que ça devrait quand même m'aider, qu'il est beau comme un héros d'Hemingway. J'attends. Mais rien ne vient, rien de rien, je pourrais aussi bien être à Paris, devant la télé, dans mon lit, ou même dans l'avion à lire *Les Bébés de la consigne automatique*.

On entre dans un café grouillant de monde. Excitation maximale. Aficionados. Danseurs de flamenco et compagnie. Comment faire ? je me répète. Comment me mettre au diapason ? À tout hasard, je souris. Je mime l'excitation. Je parle fort comme les gens autour. Je ne sais plus de quoi je parle, sans doute de rien, car trop peur de tomber à côté, alors juste des exclamations, des onomatopées, mais très fort, comme les autres, ils ont tous les yeux brillants et comme, dans mes yeux à moi, je crains qu'il n'y ait rien et que ça se voie, je mets mes lunettes de soleil et essaie de penser à des choses passionnantes, ou belles, ou tristes, des choses qui m'ont marquée, qui m'ont fait de l'effet, vite un souvenir terrifiant, vite une scène qui me fasse briller les yeux et me mette dans l'état où ces histoires de taureaux ont l'air de mettre Pablo.

Me revient, ç'aurait pu être autre chose mais ça tombe comme ça, l'image de mon frère et moi, à Cabonegro. On est petits, deux et huit ans probablement, les adultes sont à table, il fait chaud, je tiens mon frère sur mes genoux au bord de la piscine en forme de haricot, il bat des mains et des pieds, l'eau est douce, je dis zut zut et ça le fait rire aux éclats, mon petit bonhomme, mon petit frère, c'est un jeune homme maintenant, c'est lui qui me fait la leçon quand je suis à découvert à la banque, c'est lui qui m'engueule et va voir le banquier, il a un succès fou avec les filles, il est beau comme Solal et comme John Cassavetes, zut zut il dit à son tour, enchanté, battant ses petites mains et ses petits pieds de bébé, et puis il tombe à l'eau. Je saute, je le rattrape, je le maintiens au-dessus de moi les bras tendus, mais je suis petite moi aussi, je n'ai pas pied, je ne suis pas assez forte pour le tenir et me tenir à la fois, je cherche à reprendre de l'air et c'est lui qui se retrouve la tête sous l'eau, je le ramène à la surface et c'est moi qui me mets à couler, on va se noyer, on est à un mètre du bord, à dix mètres des adultes dont j'entends les rires et les conversations et on va pourtant mourir noyés, eux aussi doivent nous entendre, ils doivent croire qu'on joue, au secours au secours je crie en m'appuyant sur mon frère qui gigote de plus belle et qui a la bouche trop pleine d'eau pour pleurer, à nouveau je le tiens au-dessus de moi en essayant d'avancer mais c'est moi qui, en voulant reprendre de l'air, bois la tasse.

C'est à ça que je pense, au milieu du café de Madrid plein de monde, de mouches, de poussière, de cris. Et puis aussi à la dame arabe qui ne savait pas non plus nager mais qui nous a sauvés. Comment elle s'appelait déjà ? À quoi elle ressemblait ? C'est elle que j'entends dans le café. Peut-être que l'espagnol, au fond, ressemble à l'arabe. Est-ce que mon frère se souvient comme moi de la scène ? Pourquoi est-ce qu'on ne s'en est jamais parlé ? Eh Louise ! Ça va, Louise ? Il a dû sentir, Pablo, que je n'étais plus tout à fait là avec lui. Oui ça va. Bon, je te présente Sebastian, il a toréé l'année dernière à Arles, il a eu deux oreilles, tu sais, je t'ai parlé de lui la semaine dernière, mon copain Sebastian. Oui, oui, c'est vous ? Bonjour, bravo, cabonegro, non, juste bravo. Comment il ne sent pas que tout ça c'est que du faux ? Il y a, dans le café, sur la place, une musique de fanfare, assourdissante, pénible, et j'ai la tête pleine de mon coton habituel.

Tres pastis, dit Pablo, tres ! Je n'ai jamais bu de pastis de ma vie. J'ai été droguée jusqu'aux yeux, j'ai ingurgité sans mollir les plus effroyables saloperies accessibles à un humain de la fin du XXe siècle, mais voilà, j'ai des principes, je n'ai jamais touché à l'alcool, j'ai toujours cru que boire de l'alcool c'était, pour un ancien enfant, la transgression la plus forte et je ne connais, donc, pas le goût du pastis. Je suis contente, du coup, de vivre ça. Madrid. Le pastis. Je goûte. Je bois mon verre d'un trait. Je trouve ça bon, dans le fond. Et comme Pablo sirote tranquillement le sien et le repose à chaque gorgée, je le lui prends et le bois aussi. Tu as peur ? il me dit, en voyant que j'ai les mains qui tremblent. N'aie pas peur. C'est extraordinaire, mais ça ne fait pas peur. Mais oui, je me dis, bien sûr, je vais lui dire oui oui je meurs de peur, quelle bonne affaire la peur, ça permet de ne pas être excité et de se taire, c'est l'alibi formidable de la fille qui comme moi est imperméable à tout ce qui se passe autour. Je meurs de peur, je dis à Pablo. Et je me serre à nouveau contre lui. Et il me serre très fort. Et je l'aime tant de me serrer comme ça très fort contre lui.

Les gens, à ce moment-là, commencent à tanguer autour de nous, sans doute parce qu'ils sont soûls. Mais les choses aussi se mettent à tanguer et tourner, et je comprends tout à coup que c'est moi qui dois être soûle. Le bourdonnement de l'alcool à mes oreilles. L'impression d'avancer dans la foule comme un bateau chargé sur une mer houleuse. J'ai envie de rire, tout à coup. Ce serait bien de me mettre à rire. Il se dirait : formidable Louise est contente, je suis si heureux que Louise s'amuse dans une feria. Mais non. Ce n'est plus la peine puisque j'ai officiellement peur et que c'est aussi intéressant d'avoir bien peur que de bien rire. Il n'y a plus que ce brouillard jaune devant mes yeux.

Car, plus on approche des arènes, plus il fait chaud. Dans le café aussi il faisait chaud, sûrement. Mais je n'ai pas fait gaffe. J'étais trop occupée à singer l'attente et la peur. Alors que là, cette sensation de chaud : ce n'est pas encore une émotion, un sentiment, mais c'est déjà quelque chose et c'est un progrès. Je garde la main de Pablo serrée dans la mienne. On tourne en rond dans la foule, dans la terre battue, le crottin, les hennissements. On tourne en rond, oui, mais pas dans le même sens que les autres, car Pablo connaît un raccourci et, les doigts croisés sur les doigts de Pablo, je le laisse m'entraîner, à contre-courant et à toute allure, dans la foule grouillante, les haleines d'alcool, l'odeur du purin et des gaufres. Avec Pablo, on ne flâne pas. On n'est pas là pour flâner, se laisser vivre et aimer. Alors je marche. Je me laisse guider et je marche. Et, au bout d'un long couloir en pente où nous sommes seuls, bizarrement seuls, j'aperçois un puits de lumière, étroit, et les lentes volutes de poussière au bout.

Pablo ralentit le pas, il lâche ma main, je reprends la sienne, il sourit, me pousse devant lui, nos doigts toujours serrés, en direction du puits de lumière. C'est lorsqu'on y arrive que je comprends tout. C'est lorsque j'entre dans le cône de luminosité que je comprends l'excitation et la peur, que je comprends Pablo, que je comprends toutes les histoires qu'il m'a faites pour me décrire ce que je vais vivre. Il y a là des milliers de gens, et le soleil, et la poussière, et la musique, et la chaleur. Il y a là une ruche à ciel ouvert, immense, bruyante, odorante. Et puis je comprends que je n'ai rien compris du tout, car ce que je vois alors, jamais je ne me serais attendue à le voir.

Je ne sais pas à quoi je m'attendais. Sans doute à rien de spécial. Sans doute ne suis-je juste pas préparée. Il m'a raconté, pourtant. Il m'a expliqué les passes, les véroniques, la faena, la muleta, le taureau qui se rue sur le cheval c'est normal. Il a dû m'expliquer l'armure du cheval, les fentes dans l'armure, la course éperdue dans le sable. Mais je n'ai pas dû écouter ni entendre. Et, à l'instant où je vois, je hurle : les milliers de gens autour de moi sont silencieux, concentrés, mais moi je hurle, je ne sais pas, je ne suis pas préparée, il m'a pourtant tout expliqué nom de Dieu, j'aurais dû l'écouter, mais quand bien même je l'aurais écouté tout va trop vite, je n'ai même pas le temps de décider de ne pas regarder, je reste aimantée scotchée hypnotisée et quand le taureau s'effondre je hurle à sa place et m'effondre moi aussi.

Pablo se rue sur moi, me retient par les épaules pour m'empêcher de tomber, me traîne, je ne sais comment, dans le sombre et long corridor. J'ai du mal à respirer. J'ai honte, tellement honte, disparaître, rentrer sous terre, honte, honte, honte. Excuse-moi Chatchkoï, il me dit, excuse-moi, ça devait être trop théorique, trop littéraire, je ne t'ai peut-être pas parlé de la mort. C'est mon erreur, je t'ai caché la mort.

J'ai trouvé une nouvelle gynécologue. La gentille, celle qui habitait au-dessus de chez moi quand j'étais petite et qui a diagnostiqué ma grossesse de cinq mois est partie aux État-Unis. Alors des tas de gens bien intentionnés, des copines, des copines de copines, m'en ont recommandé d'autres, tous plus formidables les uns que les autres, c'est fou comme les gens adorent vous coller leur dentiste ou leur médecin ! J'en ai vu des sympas, des sérieux, des désinhibants, des bouddhistes, des artistes, des homos, des vieux parce que c'est mieux, des jeunes parce que c'est plus fun, des kundalinistes, des gynéco-rhumato-psy-homéopathes. Mais c'est en allant m'acheter des cigarettes, à l'angle de la rue des Ciseaux, que j'ai vu la plaque qui m'a décidée. Dring dring... Est-ce que, par hasard... Non, non, aucune urgence... Vu personne depuis sept ans, peux donc attendre encore une semaine ou deux... Tout de suite ? Ah bon, tout de suite, oui, pourquoi pas... Je prends bien mon élan. J'explique tout bien à la doctoresse. Elle n'est ni jeune ni vieille, ni sympathique ni hostile, ni scandalisée ni choquée ni désinvolte, elle m'intimide un petit peu, mais assez pour que je ne m'enfuie pas quand elle me dit déshabillez-vous. La pilule en continu depuis sept ans ? Ce n'est pas très grave. Quatre-vingts cigarettes par jour ? C'est trop, mais ce n'est pas très grave non plus. Ce qu'il faut faire ? À la fin de la plaquette arrêter, c'est ce que font toutes les filles de votre âge, il faut juste faire la même chose, même si, je vous préviens, ça reviendra pas forcément tout de suite. Tant mieux je chuchote. Pardon ? J'ai dit tant mieux. Ah, mais il faut savoir ce que vous voulez. C'est vous qui avez raison, je dis, ce n'est pas extrêmement grave, donc je ne sais pas encore très bien ce que je veux vraiment. Rhabillez-vous, elle gronde. Et comme je deviens sans doute très rouge, elle se radoucit : et votre maman (je lui ai tout raconté, forcément, je lui ai fait le tableau d'ensemble), vous vous occupez bien de votre maman, au moins ? Je fais ce que je peux, je réponds. Bien, bien, c'est important, non seulement pour elle mais pour vous, ça vous aidera aussi à guérir, c'est aussi important qu'avoir un bébé. Je sais, je dis dans un souffle, je sais, même que ça me gêne de le penser, je déteste cette idée que la maladie de maman puisse de quelque façon me faire du bien. Je m'aperçois, en me rhabillant, que j'ai égaré mon soutien-gorge, où il est ? où il est ? impossible de remettre la main dessus, il a dû glisser sous le siège, ou quelque part dans un coin de la pièce, mais je n'ose pas le lui dire, j'ai dit assez de choses comme ça, je me dépêche, si je portais une robe ce serait allé plus vite, une robe ça s'enfile comme un pull, mais non, mon jean, les lacets de mes baskets, dehors je respire, je me sens libre, presque contente, un bébé ? pourquoi m'a-t-elle parlé d'un bébé ? et pourquoi, dans la rue, les gens rient tous sur mon passage ? Il faut que je revienne à mon bureau pour comprendre : mon soutien-gorge s'était tournicoté comme du lierre autour de ma cuisse gauche.

La seule chose qui m'émeut, Adrien, dans tout ce que tu me dis et que je sais de ta nouvelle vie, c'est pas Paula, c'est pas ton fils, ni ton histoire d'alopécie, ni tes nouveaux gestes, non, la seule chose qui me fasse de l'effet c'est de savoir que tu as eu ton permis de conduire. C'est bête, je sais. Ça n'a pas de sens. Mais je t'imagine, ça me fait si drôle, ça te ressemble si peu et je t'imagine en même temps si bien, tu dois conduire trop vite, en faisant autre chose en même temps, une main sur le volant, l'autre dans les cheveux de la fille, le rétroviseur tourné vers ton visage à toi pour vérifier que tu es toujours là, que tout va bien, que tu es beau, la voiture doit vrombir, filer, bondir sans qu'on sente l'effort, si c'était moi la fille à côté de toi je te chanterais des chansons, je jouerais avec ton visage comme j'ai toujours aimé le faire, te lever un sourcil avec mon pouce, regarder le résultat, recommencer avec l'autre, te tirer la lèvre vers le bas, appuyer sur la narine, pincer la joue et hurler de rire, tu te laissais faire, tu te laisserais de nouveau faire, ton visage sous mes doigts comme de la pâte à modeler, tu te laissais malmener, tu savais que même grimaçant je t'aimais, tu savais que même le nez de travers, et la lèvre sur le nez, et un œil plus bas que l'autre, je t'aimerais à la folie et toujours, ça ne t'agaçait pas, ça t'amusait, tu me dirais attention quand même je conduis, personne conduit mieux que moi d'accord mais faut pas non plus tenter le diable, je bouderais cinq minutes, je recommencerais, on rerirait, j'imagine ton profil d'enfant riant, le bourgeon de ton nez, tes lèvres étirées par un rire qui n'en finit pas, le balancement de ton visage comme monté sur ressort, c'est tout ça que j'imagine, c'est tout ça qui m'aurait plu, et aussi les vitres ouvertes, et le vent qui gonfle ta chemise, et les yeux défaits par la vitesse, j'aurais la carte routière sur les genoux, elle s'envolerait, je n'ai jamais su lire les cartes routières de toute façon, peut-être que j'aurais appris, peut-être pas, c'est par là, non, c'est par là, oh non, prenons plutôt par ici, j'aurais fini par balancer la carte par la fenêtre et toi, pour te venger, comme le jour où tu avais jeté par le vasistas de notre chambre, au septième étage, tous tes disques de ce chanteur que je trouvais mignon et dont tu étais jaloux, tu aurais lâché l'accélérateur une seconde pour écrabouiller mon paquet de cigarettes, tu vois, Adrien chéri, je n'arrive pas à nous imaginer autrement que nous chamaillant comme des enfants, on était des enfants, c'est peut-être pour ça que c'est bien, finalement, que tu sois parti.

Tu es venu en voiture, justement, et tu me proposes de me ramener. D'abord j'accepte, par politesse, par habitude, parce que je ne veux pas non plus te faire de peine. Puis, tout de suite après, je refuse, être conduite par toi, maintenant qu'on ne s'aime plus, maintenant qu'on s'embrasse sur les deux joues pour se dire bonjour et au revoir, maintenant qu'on doit se forcer pour se parler, non, non, je ne veux pas de ça, ce serait trop triste, trop lamentable, alors j'invente une excuse, n'importe laquelle, je dis je dois rester, j'attends des gens, je leur ai déjà dit tu comprends que je les attendrais ici, la prochaine fois peut-être, merci, merci, ça m'a fait plaisir de te revoir, plaisir de te reparler, et que tu veuilles me raccompagner. Tu ne dis rien. Tu sais qu'il n'y aura pas de prochaine fois et que toi me conduisant c'est un souvenir qui nous manquera, un souvenir mort-né comme le bébé, il est complètement précis et en même temps il n'a pas eu lieu, est-ce qu'on peut avoir la nostalgie de ce qui n'a pas été ? Cette sensation d'écrasement, ensuite, toute la soirée. Comme si tu m'avais roulé dessus, avec ta sale voiture et ton sale permis de conduire. Comme si tu m'avais écrabouillée, comme le paquet de cigarettes de notre souvenir qui n'a pas existé, ou bien comme un mégot. C'est un reproche que tu me faisais, tu te rappelles, de ne pas savoir écraser mes mégots. Pendant des années, tu as essayé de m'apprendre. Regarde, c'est facile, tu commences par ce petit mouvement tournant, pour séparer le bout incandescent du reste, et puis après tu écrases bien, là, comme ça, regarde. Je n'y arrivais pas, bizarrement. Je n'y arrive toujours pas. Je laissais la cigarette finir de se consumer toute seule, et ça t'horripilait, et je disais pour rigoler un jour tu me quitteras parce que tu en auras marre de ma façon de laisser se consumer mes mégots. Peut-être que tu m'as quittée pour ça, dans le fond. On s'est trompés, et on se l'est avoué. Je me suis droguée, et on s'est bagarrés. J'ai lu tes journaux intimes, et tu as fait photocopier les miens. J'ai failli jeter le chat par la fenêtre, tu as cassé la porte de la salle de bains d'un coup d'épaule parce que je m'y étais enfermée et que je faisais la morte qui ne répondait plus. Je me suis entaillé le pied en shootant dans un miroir, je me suis enfermée à clé dans un placard, j'ai fait des overdoses de somnifères, j'ai failli bousiller ta carrière, on a eu des disputes d'argent sordides, on a tué notre futur bébé, et on a survécu pourtant à tout ça, et on se disait si notre amour a survécu, s'il a triomphé de toutes ces horreurs, c'est qu'il est indestructible. Eh bien voilà. Il y a deux choses auxquelles il n'aura pas survécu. Ma façon d'écraser mes mégots et la façon qu'a eue la nouvelle femme de ta vie de bousiller la nôtre. C'est une méchante, ta Paula. Je te l'ai dit, ce jour-là, au café. Je t'ai même dit c'est une salope, une vraie fouteuse de merde, une qui chie dans les ventilateurs et qui regarde l'effet que ça fait. Tu aurais dû me gifler quand j'ai dit ça, ou protester, ou t'énerver, mais non, tu as juste tenté de t'expliquer, vexé, mais à peine, non, non, tu te trompes, elle est bonne, généreuse, elle a l'âme élevée. Tu parles ! Une vraie garce ! Une qui finira toute vérolée comme Mme de Merteuil ! C'est ça que je t'ai dit, tu ne m'as pas fait taire, et c'est ce qui m'a le plus scandalisée.

Oui, peut-être que c'est mieux comme ça, dans le fond. Peut-être qu'il fallait qu'on se quitte pour devenir adultes. Peut-être que c'était le seul moyen de grandir avant de vieillir, de ne pas devenir, un jour, des vieux bébés gâtés. Peut-être qu'il le fallait pour savoir un jour ce qu'aimer veut vraiment dire. Aimer ça ne veut pas dire se ressembler. Aimer ça ne veut pas dire être pareils, se conduire comme deux jumeaux, croire qu'on est inséparables. Aimer c'est ne pas avoir peur de se quitter ou de cesser de s'aimer. Aimer c'est accepter de tomber, tout seul, et de se relever, tout seul, je ne savais pas ce que c'est qu'aimer, j'ai l'impression de le savoir aujourd'hui un peu plus. Je regarde Pablo, ses paupières à demi closes, la sueur qui lui coule sur le front et que le soleil sèche à mi-course, l'ombre nette de sa main sur le sable, et le trou du ciel au-dessus de lui. Il dort. On est partis comme ça, sur un coup de tête ; pour mon anniversaire, il m'a offert une grande carte du monde, il m'a dit choisis : j'ai fermé les yeux, laissé mon doigt errer sur le papier, et se poser sur le Brésil. Je ne sais pas ce qu'on aurait fait s'il s'était arrêté sur Melun. Recommence, il m'aurait dit. Recommence. À l'aéroport de Salvador de Bahia, on s'est fait voler nos valises. Plus de vêtements, plus de maillots de bain, plus de livres, plus rien. Rien que lui et moi dans cette chambre d'hôtel, et le blanc aveuglant de la mer devant nous. On est bien. Ça avait bizarrement commencé, pourtant : le catamaran rougi par la rouille tanguait sous l'orage, et tandis que les Brésiliens, les touristes, les enfants en ciré ballottés d'un bout à l'autre du pont vomissaient, qu'une petite vendeuse de bracelets me nouait une Vierge Marie autour du poignet en me demandant de faire un vœu, que Pablo fixait un point invisible à l'horizon en se tenant les côtes, que je me concentrais pour ne pas me laisser gagner par le mal de mer, je me demandais si j'allais me faire opérer de la myopie, pour voir loin, comme les autres, et plus le nez dans le guidon, et plus le nez sur le nez quand je me regarde dans le miroir, sans mes lentilles, et que je dois venir si près que j'ai le nez collé sur le reflet du nez. Je louche à ce moment-là. Je ne vois plus rien que mon nez tout tordu sur le côté depuis que je suis tombée de vélo. Je me disais peut-être que je devrais aussi me faire opérer du nez, comme Terminator-Paula, non, je rigole, je l'aime bien mon nez tordu, Adrien était avec sa mère en Israël, on se téléphonait dix fois par jour, je t'aime, moi aussi, non c'est moi, non c'est moi, mais c'est pas incompatible, c'est vrai on s'aimait à la folie, on était deux enfants fous d'amour, berk, toute cette rhétorique visqueuse, tous ces grands sentiments lamentables, quand j'entends les gens se dire je t'aime j'ai envie de les frapper, Pablo, lui, il a envie de frapper les femmes à chapeau, je ne sais pas pourquoi, lui non plus, il est juste un peu cinglé, ça m'amuse, on se téléphonait dix fois par jour juste pour se dire qu'on s'aimait, pour se le rappeler, comme l'appel du muezzin, surtout n'oubliez pas Allah est grand, Allah est grand, non, non, je n'oublie pas, mes grands-parents m'ont présenté la note de téléphone, 15 000 francs rien que pour se dire et se répéter qu'on s'aimait, j'étais outrée qu'ils osent m'engueuler, j'étais bête, j'étais égoïste, et je me suis cassé le nez en tombant de ma bicyclette, bien fait ! je vais juste me faire opérer des yeux, je veux juste voir, enfin voir, un peu plus loin que le bout de mon nez, peut-être que c'est comme ça que commence la vraie vie.

C'est à tout ça que je pensais, quand c'est arrivé, ce truc chaud et dégueulasse qui est revenu, pour la première fois depuis sept ans. Les gens, sur le catamaran, ne vomissaient plus, on apercevait, au loin, l'île de Morro couchée dans la mer comme un animal, tandis qu'une mare de sang poisseuse s'élargissait sur le sol à mes pieds. J'aurais voulu m'évanouir, simuler une crise de tétanie, mais je n'ai rien fait, j'étais paralysée de honte, j'ai laissé Pablo me nouer sa veste en jean autour de la taille, nous frayer un chemin dans la foule et me guider au radar à la Pousada das Flores. Il m'a posée là, sur le lit, et il est allé m'acheter une petite robe verte à carreaux blancs, dans la seule boutique de l'île. Elle me plaît, cette robe. Je la porte aujourd'hui. Il fait chaud, c'est bien les robes quand il fait chaud. Je ne suis plus une ex-femme. Je crois que je suis contente. Je crois même que je suis plus contente que je ne l'ai jamais été, même avec Adrien quand tout allait bien. C'est vrai que j'ai eu envie de mourir quand on a tué notre enfant, mais je ne le regrette pas tant que ça, finalement, cet enfant que nous n'avons pas eu. Je crois qu'il ne faut pas regretter les morts. Et encore moins quand ils n'ont pas eu le temps d'être vivants. C'est vrai que j'ai eu envie de mourir, aussi, quand Adrien est parti, mais je n'avais jamais été rompue, c'est pour ça. C'est toujours moi qui partais, avant, quand ça ne comptait pas. Et c'est encore moi qui suis partie, après, quand rien ne comptait plus. Alors, je sais qu'on ne peut pas rompre bien. Je sais que c'est toujours atroce, et que ça fait toujours atrocement mal, et que le rompu a toujours le mauvais rôle, et qu'il a toujours tendance à dire les salauds, les méchants, une gentille fille comme moi, un si brave garçon, comment est-ce qu'on a pu nous faire ça à nous ? Mais quand même, c'est pas si fréquent un type qui plaque la femme qu'il aime pour faire un enfant avec la fiancée de son père adoré. Il n'était pas obligé de devenir cet Hippolyte du pauvre, si ? Il n'était pas forcé de la jouer petit salaud plantant son petit poignard dans le dos de ceux qui l'aimaient le plus au monde. Je me souviens, un jour, à Porquerolles, mon père avait dit au sien, quel dommage, avec tout ton talent, que tu n'aies pas fait d'œuvre, et le sien avait répondu, en le montrant fièrement du doigt, j'ai pas d'œuvre parce que j'ai un chef-d'œuvre et mon chef-d'œuvre c'est Adrien. Quel gâchis ! Quelle tristesse ! Je pense que, ce jour-là, ils étaient déjà amants. Elle couchait avec son père le soir et Adrien la retrouvait, l'après-midi, c'est le vieux gardien qui me l'a dit, dans la grande chambre du rez-de-chaussée où il savait que je n'allais jamais parce qu'un oiseau avait fait son nid sur une poutre et que j'ai peur des oiseaux. Tout ça me semble si loin, tout à coup. C'est comme une douleur séchée, des plaques de chagrin sclérosé, un grand soupir assourdi, et le regret, juste, de toutes les jolies choses qu'il nous restait à faire et qu'on ne fera plus : faudrait une boule de cristal pour deviner le passé. Attention, faut pas être triste non plus. Faut surtout pas que je me remette à pleurer. Si je pleure, je vais tomber. Et ça voudrait dire quoi, tomber amoureuse, tomber malheureuse ? On ne peut pas tomber un peu. Quand je tombe c'est toujours de haut.

Et j'en ai marre, en même temps, de faire attention. J'en ai marre de la myopie, de la surdité, du mutisme. Mais j'en ai marre, aussi, d'être enfermée en moi avec tous ces sentiments que j'ai proscrits, tous ces mots que je ne veux plus dire, plutôt mourir que de les dire je me dis, à la casse les mots d'occasion déjà servis, c'est comme mon cœur, et mon corps, eux aussi ils sont d'occasion, eux aussi ils ont aimé, souffert, et alors ? je ne vais pas me réincarner pour autant, ni me glisser dans l'âme d'une autre, ils sont là, ces mots, de toute façon, ils sont dans ma tête, dans ma gorge, Pablo les boit en m'embrassant, il les entend même quand je les enferme, tu crois quoi, idiote ? tu crois vraiment que je ne les entends pas, ces mots d'amour que tu ne dis pas ? C'est lui, bien sûr, qui a raison. J'ai honte, et j'ai honte d'avoir honte. J'ai honte de les penser, les mots, et encore plus honte de ne pas pouvoir les dire. J'en ai marre de ce froid en moi. Marre de ne plus jamais avoir chaud ni mal. Marre de passer à côté de la vie, du bonheur, du malheur, des gens, des corridas, de la mort. Merde la fausse vie. Merde le noir, le silence, l'anesthésie, les chats, les jeans. Il a raison, Pablo. Faut arrêter de pas vivre. Faut arrêter de pas pleurer. Faut arrêter la rétention des larmes, ça va me donner de la cellulite dans le visage, à force. Faut que t'arrêtes d'avoir peur d'être vivante, il m'a dit l'autre jour, à l'aéroport. Chaque fois que tu mets la radio à fond dans la salle de bains, je sais que tu vas pisser. Faut arrêter, Belle du Seigneur. Faut arrêter l'amour sublime, les amants beaux et nobles et parfaits. Le matin, on est chiffonné, on a mauvaise haleine, c'est comme ça, faut accepter, c'est ça aussi la vie. La vie, c'est qu'un jour je quitterai Pablo, ou Pablo me quittera. Je lui préférerai quelqu'un ou il en aura marre de moi, et ce sera triste mais ce ne sera pas tragique. Et puis la tristesse passera, elle aussi, comme le bonheur, comme la vie, comme les souvenirs qu'on oublie pour moins souffrir ou qu'on mélange avec ceux des autres ou avec ses mensonges. Le parfum fade du lait de coco, nos pieds écorchés par les tongs, les immenses mille-pattes qui courent sur les chemins de terre, l'eau écarlate du fleuve Garapoa, le petit âne ébouriffé qui s'ébrouait dans les flaques comme un chiot, et ce grand chien jaune qui nous suit depuis notre arrivée, moi j'ai déjà des souvenirs avec Pablo, c'est déjà ça de pris, c'est le jour qui s'est levé. Tu vois, Louise, on recommence, il m'a dit ce matin. C'est ça qui compte, recommencer. Je ne l'aime pas comme j'aimais Adrien. Je ne l'aime plus comme aiment les enfants. La vie est un brouillon, finalement. Chaque histoire est le brouillon de la prochaine, on rature, on rature, et quand c'est à peu près propre et sans coquilles, c'est fini, on n'a plus qu'à partir, c'est pour ça que la vie est longue. Rien de grave.

Du même auteur

Le Rendez-vous, *roman, Plon, 1995.*
Rien de grave, *roman, Stock, 2004.*

Composition réalisée par IGS

Imprimé en France sur Presse Offset par

BRODARD & TAUPIN

GROUPE CPI

La Flèche (Sarthe).
N° d'imprimeur : 31288 – Dépôt légal Éditeur : 62141-10/2005
Édition 01
LIBRAIRIE GÉNÉRALE FRANÇAISE – 31, rue de Fleurus – 75278 Paris cedex 06.

ISBN : 2 - 253 - 11182 - 1

31/0088/0